見證臺灣光復 中華振興

林文漪

纪念台湾省公费（派）生升学内地大学65周年

1946–2011年

顾　问　梁国扬　陈　杰　史茂林　纪　斌
主　编　郑　坚　陈　弘
执行主编　陈立谦

九州出版社 JIUZHOUPRESS | 全国百佳图书出版单位

图书在版编目（CIP）数据

见证台湾光复中华振兴：纪念台湾省公费（派）生升学内地大学65周年／郑坚，陈弘主编．—北京：九州出版社，2011.12

ISBN 978－7－5108－1358－0

Ⅰ.①见…　Ⅱ.①郑…②陈…　Ⅲ.①回忆录－作品集－中国－当代　Ⅳ.①I25

中国版本图书馆CIP数据核字（2011）第277400号

见证台湾光复　中华振兴
——纪念台湾省公费（派）生升学内地大学65周年

作　　者	郑　坚　陈　弘　主编
出版发行	九州出版社
出 版 人	徐尚定
地　　址	北京市西城区阜外大街甲35号（100037）
发行电话	（010）68992190/2/3/5/6
网　　址	www.jiuzhoupress.com
电子信箱	jiuzhou@jiuzhoupress.com
印　　刷	三河市东方印刷有限公司
开　　本	720毫米×1020毫米　16开
印　　张	19.25
字　　数	263千字
版　　次	2012年3月第1版
印　　次	2012年3月第1次印刷
书　　号	ISBN 978－7－5108－1358－0
定　　价	58.00元

我们都是一九四五年抗日战争胜利、台湾光复后，由中国台湾省政府保送回大陆升学的；我们都出生在日本殖民统治下的台湾，都是台湾光复回归中国的历史见证者！

張克輝

他們都是抗日战争胜利、台湾光复后回大陆升学的台湾优秀青年。他們為中華民族的伟大复兴，為海峡两岸的和平发展和祖國统一，做了很多的奉献

林麗韞

二〇一一年十月二日

《见证台湾光复中华振兴》编辑委员会

顾　　问： 梁国扬　陈　杰
　　　　　　史茂林　纪斌

主　　编： 郑　坚　陈　弘

执行主编： 陈立谦

编　　审： 李双龙　李树义
　　　　　　廖云霞　孙　玲

序　　言

翻开这本书，我们看到的不仅仅是一篇篇关于往事的回忆，而且还是几十位耄耋老人跌宕起伏的人生足迹。从青葱少年到皓首苍颜，他们用自己的亲身经历见证了台湾光复与中华民族复兴的伟大历程。书中文章体现着台湾人民爱国爱乡的光荣传统，记录着对台湾光复历史瞬间的美好回忆，充满着参与祖国复兴建设的澎湃激情，凝聚着对两岸早日和平统一的深切期盼。

六十多年前，台湾光复回归祖国，先后有两批台湾青年学生由台湾省政府公派到大陆十多所知名高校求学深造。他们生长在日本殖民统治下的台湾，自幼饱受日本殖民者欺凌：不能说中国话，没有平等的受教育权利，不时遭到日本人的打骂。这种连二等公民都不如的生活激发了这群青年人和广大台湾同胞的反抗意识，同时也加深了他们对祖国的思念和向往。这群爱国爱乡的台湾青年更是以实际行动表达自己对殖民统治的不满和身为中国人的骄傲。他们刻苦学习，在不平等的教育环境下，纷纷考上专为日本人开设的中等、高等学校，堪称台湾的精英学子。

台湾光复后，为缓解岛内人才不足的状况，扭转日本殖民化教育的不良后果，加深台湾人对祖国的了解并传承中华文化，当时台湾省政府组织了两次选拔优秀学生公派到大陆高校学习的考试。政策一出，立刻吸引了大批台湾青年报名参考。两次考试共有一百余名学生上榜，分别于1946年和1948年派往大陆。带着台湾光复的喜悦，满怀学成回台建设家乡的抱负，公派生们挥别家乡亲友，奔赴祖国大陆各地。这群台湾青年从离开家乡，踏上祖国大陆土地的那一刻起，他们的命运就注定与两岸关系发展的历史紧密连接在一起，尤其是那些最终留在大陆的公派生们，更是成为站在两岸关系发展历史浪尖上的有影响者。

公派生们深知自己肩负认识祖国、打开台湾与内地隔阂、建设新台湾、建设新中国的使命，到达内地后，他们发奋学习，积极参加内地的爱国民主运动。经过以“沈崇事件”为导火索的反美游行和“反饥饿、反内战、反迫害”等学运的洗礼，以及岛内“二二八”事件的影响，许多公派生的思想开始发生转变，逐渐认清国民党反动统治的本质，并站在了爱国学生运动的第一线。身在武汉大学的陈如丰在参加学运过程中被国民党当局残忍杀害，用生命谱写了台湾人民反抗国民党反动派暴行统治的战歌。

新中国诞生前夕，一些公派生相继返乡回台，但仍有近五十名坚持留在了大陆。经过一系列爱国民主运动的洗礼，他们对国民党当局的统治丧失信心，转而跟随共产党走上了革命道路，热情参与新中国的建设。这一选择无疑是需要牺牲精神和勇气的，很多人就此与故乡亲友分离数十年，再回乡时已是满头白发，与至亲天人两隔。这批留在祖国大陆的公派生有的投笔从戎加入解放军，参加新中国的创建；有的继续完成学业后参加国家建设。他们在各自的岗位上实践着当年回内地求学时的理想：建设新中国，振兴大中华。他们中的不少人成为专门领域的精英，有的还进入党和国家领导人的行列，对新中国的建设做出了重要贡献。

两岸隔绝后，这批公派生作为留在大陆的台湾人，为两岸交流和两岸关系的发展做了许多实实在在的事。他们有的工作在沟通两岸的第一线，有的在本职工作之外仍心系两岸和平和祖国统一大业，利用各种平台默默努力付出。他们中的一些人已经离开了人世，但直到最后一刻，他们心中牵挂的依然是两岸统一、中华复兴的大业。他们是万千滞留在大陆的台湾人中普通的一群人，又是心向祖国，为两岸和平统一、中华民族伟大复兴挥洒血汗的不平凡的一群人。

如今两岸关系已进入和平发展新时期，两岸间呈现出大交流、大发展、大合作的新趋势，但岛内民众，尤其是青年一代受李登辉、陈水扁二十年“去中国化”教育的影响，许多人祖国观念淡漠、国家认同混乱。我们推出这本书，再现了六十多年前台湾公派生们爱国求学、亲历台湾光复、参与新中国建设的真实历史。本书有助于两岸同胞，尤其是青年一代了解台湾与祖国大陆的紧密联系，传承台湾同胞爱国爱乡的光荣传统，增进台湾同胞的国家认同。

两岸同属一个中国，两岸同胞拥有许多共同的历史记忆，都是中华好儿女，彼此根脉相连、血浓于水。六十多年前，两岸同胞并肩致力于建设新中国；今天，实现振兴中华的宏伟目标更需两岸同胞携手推进达成。希望这本书能唤起更多人当年的记忆，激发更多青年人为实现祖国和平统一、民族复兴大业而奋斗的热情。不论您对这段历史的了解有多少，这都是一本值得您用心阅读的好书。

本书由郑坚、陈弘两位公派生建议出版，他们不顾85岁以上高龄，与相关人员一道认真组稿编审。他们的爱国爱乡之情和认真负责的精神，令人尊敬。

目　　录

上海交通大学

上海医学院

南京中央大学附属中学

附录

＊说明：文章顺序依台湾《新生报》公费生分发各校名单学校顺序。

北京大学

PEKING UNIVERSITY

我的人生历程

方木（苏瑞鹏）

今年是台湾省升学内地大学第一批公费生回大陆升学65周年。回顾几十年的人生历程，经历的几个关键时刻及关键事件，决定了我的命运。

一、日本投降，台湾光复

1945年8月15日，日本宣布无条件投降，当时住在东京的一些台胞自发组织起来开展活动：一是学习祖国的历史文化，学习国语（普通话），二是到日本各地了解台胞情况，并开始筹备在日台胞回台湾的工作。我有幸参加了这些工作，并开始学习“ㄅㄆㄇㄈ”。记得我学唱的第一首中国歌曲是《渔光曲》。那悠扬而哀切的曲调，引发了我对祖国大陆的无限向往。

1946年2月，我们在日本的一千多名台胞乘坐“高砂丸”客轮回到故乡台湾。由于当时战争的破坏及日本对台湾的掠夺，台湾经济很不景气，整个台湾岛显得萧索杂乱。但岛内人心沸腾，欢呼光复。我对当时的国民政府抱着很大的期望。

方木（1941年新竹中学四年级）

我回到台湾首先是考虑做什么，最后决定选择继续升学深造。然而当时台湾各院校还未开始招生，于是就在家自学国语，等待招生。同年6月，《台湾新生报》刊登了台湾省考选升学内地专科以上学校公费生的公告。7月考试，8月10日放榜，我报考北京大学被录取了。不久台湾各院校也开始招生，又报考了台北师范学院英语专业，也被录取了。面对两张录取通知书，是留在台湾还是去大陆？经过一番思想斗争，最后选择回祖国大陆学习。那是因为：

1. 日本投降时在日本的台湾人，从战败的日本殖民地住民，一跃而成为战胜国的中华民国国民而得到扬眉吐气，感到有一种光荣感和幸福感。

2. 祖国大陆到底什么样？从未见过，只有深深的无限向往。

3. 台湾光复，旧的秩序去了，新的制度尚未建立，作为青年学生的我，有一种使命感和责任感。到祖国大陆去，学成归来参加建设一个新台湾。

二、到北京大学读书，参加历次学生运动

1946年11月，我们13位从台湾到大陆的公费生，到北大报到后，安排住在“三院”。上课在李大钊、毛泽东工作过的红楼，

方木（右）代表广西台胞为台湾“9·21”大地震向红十字会捐款。

红楼后面是因历次学生运动而闻名于世的“民主广场”。每到这个广场，都会感到一股民主之风扑面而来。忧国忧民的进步思想，影响和感染着我们刚入学的新生。不久圣诞节到来，一派节日气氛。然而却发生了轰动全国的“沈崇事件”，美国士兵强奸了北大女生。各大中学校的学生被激怒了，“抗议美军暴行”、“美国佬滚回去”的怒吼声响彻北京城。而与此相对照的是，当时国民政府对学生运动的漠视，对美国政府的俯首帖耳，现实让我逐渐明白了一些道理。特别是耳闻目睹当时国民政府的腐败、媚外，搞白色恐怖、经济崩溃、民不聊生等等。从此，我对蒋介石国民政府的期望逐渐幻灭，不抱希望。而代表工农劳苦大众的中国共产党，前赴后继，一心救中国的伟大壮举，深深震撼了我。那时地下党组织在课余时间给我们讲了很多革命道理，使我感到“国家兴亡，匹夫有责”。因而每次学校组织“反饥饿”“反内战”“反独裁”等学生运动，我都积极参加。

三、投笔从戎，参军南下

1949 年 1 月，北京和平解放，随着革命浪潮席卷北大，一批又一批同学奔赴各条战线。台湾来的同学，有的想办法回了台湾。而我在去（投身革命）留（继续学业深造）之间正在考虑时，一天传来消息说，中共中央为了解放江南、建立各地政府机构的需要，决定成立第四野战军南下工作团，从北京、天津两地招收万名知识分子（以在校大学生为主）。此消息大大鼓舞了广大进步学生的革命热情，我即毫不犹豫地报名参军。于 1949 年 3 月初到南下工作团第三分团第一大队第三中队报到，同年 9 月底随军南下广西。南下一路走来，时而坐军车，时而走一天一夜的路程，有时睡在路边，艰辛的生活使我在革命熔炉里锻炼了坚强意志。到广西后我被分配在广西省（当时自治区未成立）柳江县人民政府工作。刚刚获得解放的柳江县，面临着许多艰巨的工作，此期间，加深了我对中国共产党的性质和路线的理解，使我的思想有了较大的转变。

我先后参加清匪反霸工作和农村土地改革。当时广西有 40 万土匪，我目睹了土匪对老百姓的残害，解放军舍生忘死、勇敢战斗，使我进一步认识了国共两党的根本区别，加深了我对共产党的认同感和亲近感。1951 年我在柳江县带领一支土改工作队，亲历了一场农村土地改革运动全过程。地主阶级对贫苦农民的压榨、迫害，触目惊心；农民分得田地时那种喜极而泣和感恩戴德的场面，实在是感人肺腑。这是我受到最直接、最深刻的阶级斗争教育，从而进一步加深了我对无产阶级的认同感和亲近感。

经过一场飓风暴雨式的阶级斗争教育和实践，我于 1951 年下半年申请加入了中国共产党。回想起 1946 年 11 月我离开台湾时，一位堂哥对我说的一句话：“到了北京，千万不要参加共产党哟，他们杀人不眨眼的。”想不到仅仅五年时间，自己从害怕共产党到自愿加入共产党，这是思想转变的一次大飞跃，因为真理在共产党这边。

四、路线斗争中的困惑和反思

新中国成立后，经过肃反、土改、合作化运动、抗美援朝、“三反”、“五反”，整个社会在蓬勃发展，但不久一连串的政治运动接踵而来。“反右”文化大革命等运动越来越激烈，运动规模越来越大。在此期间，自己不幸卷入政治运动中去。因为我是从台湾来，曾留学日本，懂日语，无辜蒙冤成为“国民党特务”、“日本间谍”。又因为我是“北大”生，被骂是“臭老九”，最后被加上了“历史反革命”的罪名，我从政治上、身心上、经济上遭受了极大的打击和伤害。那时，还看见一批又一批具有领导能

1990 年方木返台在母校新竹中学校门前留影。

力而正直的干部被打下去，而一帮又一帮专拍马屁、颠倒是非、心术不正的人却窃取领导权，胡作非为，把人民内部矛盾鼓吹为阶级斗争，挑动群众斗群众，互相残杀。耳闻目睹及亲身体会，让我对残酷的“路线斗争”产生了恐惧，看不到希望，看不到前途，只好苟且偷生，苟延残喘。想当年一个热血青年的我，抱着为复兴中华民族的热情，从台湾来到大陆求学，后来投身于革命事业，而今却落得不明不白的下场，痛感时乖命蹇之苦，但苦难岁月也磨炼了我。

1983 年方木参加国家教委组织的“日语团”参观一所大学教室。

1976 年秋，“四人帮”被粉碎，1979 年开始拨乱反正，我也得到了平反，恢复了党籍和原领导职务、原工资级别，结束了长达二十二年之久的“苦其心志，劳其筋骨，饿其体肤”的蹉跎岁月。噩梦醒来，阳光灿烂，人们开始反思了：人无完人，政党也如此，路线斗争必不可免；中国共产党敢于承认错误，说明党的心脏还在跳动；中国共产党发现错误后立即采取措施拨乱反正，说明中国共产党将无往而不胜。

1980年，我被调到广西大学外语系任教。除了做好教学工作外，还努力做好台联工作，发挥乡情亲情优势，努力为祖国和平统一大业贡献自己的力量。

五、从事台联工作十八年诸多感受和殷切希望

1984年，广西台联成立了。受广西台胞的信赖和委托，我担任了第一、二、三、四届台联理事会的会长，时间长达18年。我来自台湾新竹，工作在南宁，时刻关注两岸的沟通及交流。

方木在台胞代表大会上。

我觉得祖国的和平统一大业要用两部分联结而成。第一部分是基础工作，我们各地台联几十年来所做的工作都属于这类工作。与台湾各民间团体建立关系，招商引资，开展各种文化交流等都是为了让台湾同胞增强对祖国大陆的亲近感与认同感，让他

们觉得大陆与台湾同种同根同文，是有一种兄弟亲戚关系。但亲近感与认同感还不能提升到国家统一这个认识高度。第二部分是大陆的政治改革与社会改革。我们可以回顾一下六十几年前，我们作为台湾青年学生怎样向往大陆的，推翻腐败的国民党政权，建立共产党新政权带来的一系列新变化、新气象，如维护国家主权，消灭各地土匪，几亿农民翻身做主人，社会治安良好，廉洁的政府官员，人人平等的和谐社会，生产大发展等。我们从中亲眼看到，亲身感受到中华民族振兴的一缕曙光，就是这一缕曙光吸引了我们下定决心扎根大陆，投身于革命事业。

同样我们要争取台湾民心，不能满足于他们对大陆的亲近感和认同感，还需要有优越于台湾的政治环境、经济环境、社会环境、人际关系等一系列工程来吸引他们。目前台湾同胞最盼望的是大陆的经济发展带动台湾经济的发展，这一点他们已有一定的体会。他们渴望廉洁的政府和官员，共同富裕、和谐社会，人民生活不断改善等。目前大陆还存在着相当严重的负面现象，这些问题不克服、不解决，将很难争取台湾民心进一步升华。我们做基础工作要做到“水乳交融”，而大陆的政治改革与社会改革达到一定的高度时就会“水到渠成”，那时就是国家统一大业完成之时。

我们这些公费生都已大大超过古稀之年，虽余岁不多，但我们将满怀信心地告诉我们的子孙后代：“待到两岸统一时，家祭勿忘告乃翁”，好让我们在冥冥宇宙之一隅，高呼祖国万岁，中华民族大团结万岁。

无悔的抉择

方舵　（黄厚年）

我1926年生于台湾台北市，原名黄厚年。父亲黄石养是个博学多才的煤矿高级职员，他到过祖国各地，去过东南亚各国；母亲贤淑慈祥；我们兄弟三人，全家衣食无忧，生活算中上水平。但父亲是个有志之士，他和父辈许多台湾人一样，看到日本帝国主义蹂躏人民，台湾人被当做“二等公民”，生活在水深火热之中，就决定要为台湾光复，回归中华民族大家庭而斗争。

直到1937年秋，才知道父亲全然不顾个人的安危，不顾三个孩子尚小需抚养，他和矿主及工人们毅然组织抗日团体，秘密制造刀、镖等武器，组织武装起义，要光复台湾。父亲还亲赴新加坡、印尼等地联系，发动华人共同抗日。日本帝国主义于1940年5月在全台下了拘捕令。数百人被捕，残暴拷讯屠杀，台湾矿工72人惨死，父亲就是罹难之一。

母亲悲愤交加，不堪恐怖和生活的重负，突发脑溢血而亡。尚未成年的哥哥靠半工半读养活我和弟弟，并供我们上学。

从此生活极端艰苦，家搬到台北郊外士林乡下，每天上学路上要走三四个小时，缺鞋、少衣，食不果腹。我体弱多病，风雨中常常发烧，真是苦不堪言。但苦难磨炼了我三兄弟的意志，苦学增长了才智，我入学考试以各科高分、数学第一的成绩，跨进“台北高等学校”大门。该校师生基本上是日本人，毕业就可免试升入日本帝国大学。由于我所在的中学还没人考上过该校，我又是“政治”犯之子，因而被录取的消息轰动了我们的小镇。同学们也夸我攀上天梯，以后会有好出路，而我深记国恨家仇，主要为了掌握知识，定叫日本人看看中国孩子的志气。

1945 年台湾光复，回归祖国；1946 年台湾省教育处派首批公费生赴大陆学习，我立即报考，就进入北京大学学习。

从学生到战士

1948 年解放战火席卷大江南北，捷报频传。我也快毕业了，而学者生涯又是我从小向往的。去参军不但艰苦，时时面临生死考验。如何抉择？想到惨死日本人之手的父亲，遂毅然投身解放军。从此开始了激情燃烧的军旅生涯，在革命的熔炉中锤炼成长。

太原战役我被派往前线去做战勤工作。

太原是阎锡山的老巢。防御工事修得很牢，碉堡很多。攻打双塔寺，我负责烈士和伤员的运输工作。在登记烈士名册时，见他们多数是华北解放区的子弟兵、共产党员。在救送伤员时，我看到一位断臂的小战士把担架让给战友，使战友先抬去手术。他还叨念着：“没完成战斗任务就离开火线，对不起爹娘，对不起党！”后来他因失血过多，没来得及手术就牺牲了。生与死的抉择时，他把生留给战友，自己选择了牺牲，我的灵魂受到了强烈的震撼。攻打太原时，我惊奇地看到十几辆汽车拖来了近二十门崭新的美式大炮，轰鸣声震耳欲聋，烟雾遮天，城墙炸开好多缺口，战士们前仆后继冲入，解放了太原城。

太原战役后，部队向大西北进军。6月初部队赶到河津县禹门渡口。禹门渡地势雄奇，黄河水一泻千里，浊浪翻滚，飞流直下，涛声如虎豹怒吼。渡河没船只，就靠黄河边的人民将整只晒干的羊皮吹鼓胀，四五只扎成一个羊皮筏子，解放大军乘此分批渡到对岸。解放军英勇无畏，人民群众是这样聪明绝顶。这就是中国人的气质，我铭记于心。

刚过黄河就传来敌军马步芳、马鸿逵要偷袭西安的消息，部队立即急行军赶到西安西侧。六月骄阳似火，西北高原缺水源，加之千里追击，风餐露宿，疲劳饥渴，磨炼着我的意志，血泡层层磨成了铁脚板。部队沿兰西公路（兰州到西安）推进。由于担心敌人偷袭，我们每人也都背上两个手榴弹，以备遇敌时用。“两马”的军队主要是骑兵，手榴弹一爆炸，马就惊。兰州一打响，敌人无逃跑余地，跌进黄河的敌兵和军马真不少。

兰州一解放立即转入宁夏消灭马鸿逵部。通入宁夏只有一条破烂不堪的狭窄公路，有一段百里无人烟，是名副其实的“无人区”。兰州解放后向银川进军，途中迎来了十月一日中华人民共和国成立的喜讯，我们在大雨和泥泞中欢呼胜利。

整个西北大进军中，我有幸做《前线》报记者兼编辑，随军采访，部队宿营时就在豆油灯下写稿、编报。虽苦虽累，但我感到非常幸福，因为我亲眼目睹了指战员们和人民大众的许多感人事迹。多少人和我一样年轻却为国为民无私献出了生命，一口都没有尝到胜利的果实。战争以火与血给我上了“民族和国家利益重于泰山，个人名利轻于鸿毛”的课。“共产党员应吃苦在前，享乐在后”“见困难上，见荣誉让”是这段经历给我的馈赠，助我在重大抉择时，战胜私心做到无悔。

朝鲜战争战火正炽之时，我所在的六十三军在朝鲜前线战斗，我被抽调到军内最高学府——哈尔滨军事工程学院（现名国防科技大学）。

哈军工教学和科研

当时，陈赓将军任哈军工院长，教师除苏联专家外，便是全国抽来的名教授们。他们大多数留过学，又有丰富的教学经验。我不但业务压力大，政治上又因出身台湾，受过日本人的教育，社会关系复杂，哈军工不但要为现代化培养高级军事科技人才，而且承担许多高精尖的科研项目，不少是保密的，更感压力大，怕自己担不起这重担。陈院长曾亲自找我谈话，叫我放下包袱，轻装上阵。

学院老师众多，师生们勤奋上进的气氛很浓，在大家的关怀帮助下，我们这群经战火洗礼的青年教师，争分夺秒苦钻研，三四年后就能开大课了。我编写出“拉氏变换”“变分学”“线性代数”等教材，因深浅适度，提高了教学质量，深得好评，被校内外采用。系里叫我第一个开设了“计算方法”“程序设计”“数据库”等课，并派我参加一些科研。

1957 年全国掀起研制电子计算机热潮，我院为海军研制舰载计算机，解决鱼雷舰攻击问题。我们承担数字模型和计算程序。当时靠手摇计算机将几千条二进制的程序穿孔在纸带上，再用手敲键调试，手都敲肿了。半年多睡眠极少，常累得头昏。海上试验时，看到水雷发射准确快速，想到北洋水师全军覆没的耻辱，我们能为海军现代化尽点力，真是高兴极了。

70 年代我院研制成功 441BⅢ型，是当时国内较早能多道程序运算的机型。因设计思想先进，运算稳定，颇得好评，但用符号指令编程序效率低，调试吃力，而配语言是个庞大的软件工程。我一心想解决这个问题，但“文化大革命”将我定成“专政对象”，图书馆不准进，劳动繁重。妻子在外语教研室教书及做党支书，被打成走资派，她关了一年多都没回家，生死难料，孩子们寄养上海亲戚家。俩人工资扣发，处境艰难。幸好还准我睡在家中。我就凭手头少数书本及外文资料，冥思苦想，纸上练兵，日日开夜车苦钻研，三年后心中形成初步方案。刚解除隔离，立即申请科研任务，有幸被派去研制编译语言。我组织国内四个单位协作。从此在长沙、北京、天津各地出差。与会战的同志们日夜奋斗，大家都刻苦忘我地工作。听说妻子被放出后常常昏倒，靠邻居将她送进医院，我都无暇过问。三年后，易学好用的 FORTRAN 语言编译成功了。为了加速和提高质量，我在外地机房又苦干了两个多月，编写上千条调试和服务程序，将一万四千多编译系统调好，在全国第一届科学大会上该成果获奖，给我立了三等功。

也是在那个年代，国家决定向南太平洋试射导弹，要在我院研制的 718 中心计算机上完成我国首次洲际导弹全程试验任务。任务光荣，却十分保密。以我当时的情况能被选中参加协作，令我惊讶，十分感激组织的信任。参加者都是忘我奋斗，废寝忘食日夜调试，我能为国防现代化奉献才智深感幸福。我的任务是为兄弟单位提供的弹道程序，提供统计数据，各种数据经计算，使洲际导弹正确引导雷达、电影激光经纬仪、遥测装置。因计算快速准确，获得称赞。当时媒体报道：中国首次洲际导弹试射成功！振了国威、军威！

祖国强大，人民才会幸福。任何科研都是许许多多人努力的结果，我这台湾人的才智更是小小沧海一粟，只有融入中华民族的海洋才能奔腾。

勇攀科技高峰

“四人帮”倒台后，我被任命为应用数学教研室主任，这时院计算机系在研制“银河”10 亿次巨型计算机，这是我国首台面向大型科学工程计算和大规模数据处理的巨型机。该机须研制“双精度向量标准子程序”。这是用单字长计算指令和存储系统，计算出十进制有效数字30位的数学初等函数子程序。那时我国研制尾数96位的向量子程序还是第一次，连世界最先进的国家也才刚刚起步。

我室初建，需要开设的新课很多，任务繁重，人员紧张，但为了祖国的四个现代化，再苦再难也要接下来。我抽了几位同志，群策群力，反复在各种计算机上模拟计算。当时我五十多岁了，是组内年岁最大的，教书、科研、行政都很忙。战争年代使我懂得，指战员不是摇旗呐喊，而是带头冲锋陷阵。所以分析方案、编程序、校对、上机等都和大家一块在机房苦战，随便吃点，打个盹再干。大家都是顾不上节假日、寒暑假。我曾因太累，一度手拿不住筷子，眼睛出现复视，但我不肯住院，仍坚持工作，并经常出差。

“银河人”许多苦战事迹激励着我：一位晚期肝癌的同志痛得昏过去，仍坚持编完上万条程序；一位年轻教师，设计高水准控制器，五天五夜不合眼，又去工厂实验，苦战十天，返校住院来不及抢救就献出了二十八岁的生命。我们应像他们一样无怨无悔苦战。

两年多后，我们成功了。验收时，专家评论说，与国外相当的子程序比，我们的计算快了一倍。大家高兴地说：“只要苦干，中国人会有赶超洋人的一天。”“银河”巨型机为国家经济建设、科技发展作出重要贡献，获得军委特等科技成果奖，我个人获得设计研制三等奖。

1982年我被任命为系统工程系主任，是国内第一个以此命名并设有博士学位的系。但初建的系没有一台像样的微型机。国家一时难拨大量经费，但必须建立教学、科研两个中心。我发动全系广泛承接科研任务。全系齐努力，大家不计个人得失，用科研挣来的钱添置设备。由于全系同志的奉献，我们建成了规模较大的重点试验室。各教研室也都造成了微型机房，深得上级的赞扬，夸我系是自力更生的好榜样。

1985年总参军训部令我们研制教学模拟系统，这是全军“七五”规划的重大科技项目之一。是借助计算机、图形显示、通信和语言技术建立起来的教学系统，由多个子系统构成，使实验、教学、管理等各环节都很容易组织，提高教学质量，也促进了教学手段的现代化。我组织全系三十多位教师攻关。尽管自己教学、科研、行政很是繁忙，仍亲任总设计师，经常深入各组检查、协调、参加讨论、出谋划策，且亲自动手调试了主控程序。验收时，专家们认为总体达到国际上同类系统先进水平。1991年该项成果获国防科工委科技进步一等奖。1992年获国家发明三等奖。学院也很看重该项科研。

当时院内得奖的科研有917项，学院从中选了14项定为重大科技发明，载入校史，我们这项是其中之一。但是授奖名单只准报9名，我删去自己的名字不报。当电视、报纸和校报上没了我的信息时，妻子不解地问：“你天天开夜车，免了你全部家务，忙碌了四年，怎么出成果时开小差溜之乎也了？”系里不少人也说：“论功行赏，怎么也不能少了你这个总设计师的名呀！”我觉得参加者都很卖力，都很出色，作为系一级负责审批名单的我，自当首先勾去自己。我笑对妻子说：“只要对国家和军队有用，系里出了成果，培养了人才，我个人也就有了应有的份了。比起为国献出生命的人们，我实在算不得什么。”

在中越边境自卫反击战中，前线部队请我们派人去帮他们完善“作战指挥系统”。由于前线很艰苦，又有生命危险，我就亲自去老山前线任该系统的技术鉴定组长。为了确保该系统的实战功效，我不顾个人的安危，多次深入到中越边境的前沿阵地，奔走于地雷密布区作调研，与指战员们反复研究，使该系统在汇集

2003 年方舵与邱帆金婚纪念照。

敌情、预报战况、调度供给、指挥员下达命令等方面都能准确快速，在作战中发挥作用，促进指挥现代化，深得部队好评。虽自己苦累几个月，但深感欣慰。

甘当铺路石子

我的一位在职研究生，选总后的全军财会系统和医务系统自动化研制作研究课题。从选题到计划到实践，我都尽心尽力指导他。我离休后进了上海的一个干休所，他科研没完结，我仍多次去长沙答疑辅导。1993 年我心脏病发作住院，一些问题没法靠电话通信讲清楚，我只得自行离开医院去了长沙。医生向我妻子陈述病情的危险性，催我立即回到医院，这使妻子“文革”中得的病复发，手抖，行走困难，全靠干休所医生关怀照料。公私两难全，我在外也实在顾不上。终于这个系统成功了，后来在全军推广。据说在上海警备区推广时，这位学生受到热烈欢迎，可惜我躺在医院没法子去看。如今领工资看到计算机打出的条子，去医院看病，卡一刷就挂好号，看到这一系统给大家带来的方便，觉得做为教师虽充当铺路石子，也是蛮幸福的。

解放军和人民鱼水情深，所以学院也常派我们支援工农业。农村的双抢、抗洪修堤、科技都努力去干。1965年春节寒假我放弃度假，奋战两个多月帮大庆油田修改汽层水线的探制方案，定好“葡萄”区的开发方案，算出油层中水线的移动量，估算出各井口的油量，使大庆指挥部按此安排好当年的生产计划。

1988年春，带研究生一起帮长岭炼油厂计算机做好管理信息系统分析与设计，获得了二等奖。

1987年方舵在中越边境18号界碑留影。

1988年冬，帮株洲硬质合金厂作计算机信息系统可行性论证，获四等奖。

次年，帮步兵师完成电子化指挥系统软件，获三等奖。

80 年代，台北高等学校的日本老同学到国防科技大学来讲学时，见我住的房子没厕所，得知我的工资不到 100 美元，曾问："你不后悔吗？要是在台大或日本工作，你会有汽车、洋房了。"台湾亲戚也曾问过类似的问题，我出自内心真诚地答复他们，我对自己的抉择无悔。国家和人民待我不薄，我虽平凡，没有了不起的成就，但给我多次立功，多次评为先进工作者，授予优秀教师、优秀研究生导师、模范共产党员称号，获"从事高等科技工作四十年"荣誉证书，被授予"胜利"勋章，出席了全国科学大会，当选为中共十三大代表。国家将我安置到上海一个干休所安度晚年，享受"国务院特殊津贴"。全国台联和上海台联也给予我无微不至的照顾，每年请我们旅游度假。更令我感动的是，2001 年我中风时，上海台联同志及会长三次出面到医院看望和解决困难。我妻子腿手术时干休所医务室主任亲自接送，科大派政治部主任到南京总院来问候。现我们有病，一按床头的救助装置，医生就将我们送入医院。凭离休证出行或逛公园不要钱。干休所有书法、绘画班，有各种文体活动，我们的老年生活丰富多彩。如今我的儿子在美国，女儿在巴黎，他们都有房、有车，我们也去住过，但我们仍觉得生活在祖国更适合我们，我们虽老了，病也不少，但看到祖国日新月异，尤其上海越变越美，我们每天都乐滋滋的。唯一的未了心愿就是——有生之年能看到祖国统一，该有多好！

一个台湾学子的奋斗历程

陈天章　（廖天朗）

幼年饱尝贫困的苦楚

我叫陈天章，原名廖天朗，台湾台中市人。我出身贫寒，从小随全家去南洋谋生。七岁那年，全家生活难以为继，母亲将我带回台中，寄养在四伯父家。四伯父务农，供我读书和生活。我白天上学，傍晚回家放牛干农活。十二岁那年，我考上台中一中不久，日本殖民者在台中西屯乡围地造机场。四伯父赖以生存的一块土地被强行征用，顿时生活陷入困境，无力支付我的学费。我在万般无奈之下，求助于自幼寄养在贫困的外婆家的三姐阿段。她为我四处借钱都落了空。但意外地获知父亲的好友在南洋曾向我父亲借过一笔钱，经三姐上门求助，父亲的好友爽快地归还了全部欠款。这笔钱得以维持我中学两年的学费。1942 年，我正为第三学年的学费一筹莫展时，在印尼的父母回到台湾，重操饭铺旧业，我才得以完成了中学的学业。

自幼尝尽亡国奴的耻辱

我从小尝尽了做亡国奴的心酸，政治上受压迫，生活上受歧视，人格上受侮辱，这种不平等、受奴役的处境，铸就了我主张正义、反抗暴虐的性格。在台中一中读书时，我怀着朴素的民族自尊和反抗日帝的爱国热情，利用柔道的优势，几次和同学们一起，在夜色朦胧中痛打那些白天欺压我们的日本学生，以泄民族之恨。在每周例会上，校方侮辱我们是“清国奴”，欺压台籍学生时，我们台籍同学一起发出鼻音“唔”，以示抗议。校方上前制止，唔声此起彼伏，连续不断，迫使校方无法应对。我和台籍同学经常遥望“唐山”，多么盼望早日推翻日本的殖民统治，回到祖国的怀抱，过上自尊自重的正常人生活！

从热望到失望　参加反腐抗暴运动

1945 年 8 月 15 日，日本宣布投降，全岛一片沸腾。我是多么兴奋，台湾终于结束了日本殖民统治，回到祖国的怀抱。我和

青年陈天章（后排右一）

同学们一起含着热泪欢迎“国军”的到来。但好景不长，迎来的“国军”趁接管之际，大肆豪夺敛财，大发横财，老百姓依旧生活在苦难中，我不禁怒火万丈。1946 年夏，我正在台中农学院读书，我参与组织台中农学院的全校大罢课，抗议大陆派来接管的农学院院长的腐败行径。迫于学生压力，尽管以更换院长而告终，但这些“接收大官”仍然我行我素，并无改变。正当我大失所望之际，听说大陆有的地方并不是如此，于是我报考了台湾光复后的首届台湾公费生招生，被北京大学录取。我怀着祈求过上公正、公平、美好的生活愿望，踏入了北上大陆的道路。

受爱国学生运动教育加入共产党

1946 年 11 月，我进了北京大学。我原以为从此可以在祖国的怀抱里专心致志地读书了，但进校一个多月，发生了美国大兵强暴北大女学生的“沈崇事件”。这分明是赶走了日帝猛虎，又换来了美帝恶狼，我按捺不住内心的愤怒，决心投身于抗议美帝暴行的革命浪潮。我和同学们一起振臂高呼“打倒美帝国主义”，把多年来对侵占掠夺我国国土的帝国主义的愤恨一并的爆发了出来。此后，我先后参加了声援台湾“二二八”、“反饥饿、反内战、反迫害”、“反美扶日”等学生运动。这一系列活动令我深思：为什么美国人可以在我们的国土上为所欲为？为什么国民党接收大官一夜暴富，而广大劳动人民依旧在贫苦中挣扎？祖国的前途在哪里，靠谁来领导？光埋头读书能改变现状吗？……1947 年 9 月，我带着这些问题参加了读书会，加入了“民联”（中共地下党外围组织），学习马克思主义理论和毛泽东著作。通过学习，我终于明白了一切苦难和问题都源于“三座大山”的压迫，劳苦人民要翻身解放，必须在中国共产党的领导下，团结劳苦大众进行斗争，推翻“三座大山”，建立社会主义，实现共产主义。

我至今还清楚地记得，1948 年 8 月 7 日回台中家乡度假时，亲眼目睹在“二二八”事件中不少同学惨遭屠杀，很多同学还被关在火烧岛备受煎熬，广大民众在国民党血腥镇压下民不聊生，敢怒不敢言。我怀着满腹悲愤和不平，匆匆结束了暑假探亲，回到北大后就主动找和我一起从台湾考入北大的好友郭炤烈，向他渲发了对国民党统治的不满，提出了加入共产党的要求。不久，即 1948 年 8 月下旬，由郭炤烈和沈忱两同学介绍加入了中国共产党。我从一个自发的反帝爱国者，转变成为自觉为共产主义奋斗的共产党员。从此，改变了我的人生历程。

奔赴解放区

入党不久，接组织通知，我和一起从台湾考入北大的好友张天成已被国民党列入“黑名单”，要我们两人离开北平，一起赴华北解放区。我们向往已久的愿望终于能实现了。

那是 1948 年 10 月的一天，根据组织上布置，张天成改名陈晓帆，我改名陈天章。我们先到天津南开大学，和两位女学生会合，我和晓帆化装成生意人，两位女学生化装成我们的“恋人”，结伴同行。我们从天津出发到沧县要经过闸口、碱河渡口和“阴阳界”。我们在天津西站上车，在海潮般的人流中，我们与两女学生冲散，在遍找无着下，我和晓帆只得各坐一方，装作互不相识。我们在唐家屯下站后，只见满街是荷枪的国民党士兵，守关警察正对过往行人盘问搜查。当时我和晓帆都不会讲北方话，情急中，我在附近一烤饼摊买了几个烧饼，我和晓帆装作狼吞虎咽地咀嚼烧饼，当警察盘问时，我们满嘴是饼，含糊对答，掩盖了我们的福建口音，顺利地通过了闸口。按组织规定，我和晓帆先后分别乘马车到碱河渡口，会合以后，一起摆渡同行。但我到了渡口，久等不见晓帆踪影，我估计他已先于我到达彼岸，我只得

陈天章夫妇

乘末班渡船过河。这里所谓的碱河，为仅有30米宽的河沟，过了河就是个“鬼门关”，这里有几十里方圆的“阴阳界”。白天是国民党的天下，他们敲诈勒索、无恶不作，天黑后，逃之夭夭，我们游击队就组织群众进行斗争。我过了渡口已是深夜，随大伙搭上了一辆大车，经十几个小时的颠簸，赶车人突然唱起了解放区的民歌，原来我们已进入解放区。拂晓的空气特别新鲜，我深深地吸了一口气，“终于到家了”。到了泊镇，才知道晓帆还没到达，我焦急万分，直到晚上，华北解放区城工部领导告诉我，晓帆已安全到达。那天晚上我们两人见面又激动又惊喜，彼此倾诉着闯鬼门关的经历，我这才知道，晓帆是从死里逃生的。那晚他啃着满嘴烧饼应答警察的盘问，闯过闸口后，已赶不上末班马车，当晚借宿在拥挤不堪的小客栈。晓帆无处安身，只能蜷缩在墙角的一垛稻草堆里，靠稻草掩体取暖。经过一天奔波的晓帆倒头就熟睡了，清晨醒来，才知道半夜来了一帮警察，到处盘问搜查，把几十名过路客闹得一宵不宁，唯独个头瘦小的晓帆，靠着昏暗不起眼的墙角和乱草的掩体，才逃过了这一劫。我们听了晓帆的叙述，无不为他庆幸。城工部同志半严肃半开玩笑地说："你们俩人八字形走路模样，一眼看去就像日本人，你们死里逃生好险呀"。

我和晓帆报到后，被分配到平山华北区党校直属班学习。华北局领导刘澜涛、李宝华同志担任我们的正副校长。两个月来，我们直接聆听了邓小平、薄一波等中央领导的报告，一生受益，难以忘怀。1948 年 11 月初，辽沈战役结束，东北野战军进关和华北野战军会合，形成对平津的战略包围。根据形势需要，我们直属班学员提前结业。我和晓帆参加了平津战役。同年 11 月 13 日，我们被分配在华北人民政府财贸办工作。1949 年 2 月 15 日，我随野战军进天津，参加接管工作。同年 8 月随军解放北平，又与晓帆会合，重回华北人民政府财贸办工作。

南下上海，准备渡江

1950 年 2 月，我和陈晓帆接到中央组织部通知，速即动身南下上海，准备解放台湾。我俩到了上海向市委报到，正等待集训时，美国发动侵朝战争，我和晓帆、刘绍光、邱伯卿等五位台籍党员另行分配到上海市公安局政保处。1958 年我又被调到上海海关工作。我工作中不怕艰险，刻苦努力，1962 年被评为全国海关先进工作者，受到周恩来、邓小平等中央领导同志的接见。

为了解放台湾，南下上海，一转眼已六十余年。当初一起南下的五位台籍同志经常一起哼着这首歌："……海洋哟是祖国的海洋，边疆哟是祖国的边疆，我们盼望着共产党、解放军、毛泽东的队伍赶快来解放，像在茫茫的海洋里，我们盼望着天亮"。我们唱着唱着，会情不自禁地流下热泪，相互问着："台湾何时回归祖国呀?”当初一起南下上海的陈晓帆、刘绍光、邱伯卿三位同志都相继去世，我们一定要完成他们的未竟事业，为早日实现祖国统一大业而继续努力奋斗。

为促进两岸经贸合作而努力

六十几年来，我跟随党干革命，搞建设，期间尽管遭遇过许多不公，但我坚信共产主义信念，无怨无悔。上个世纪七十年代末，我被调到上海外贸学院从事教学工作，被评为副教授，担任院党委副书记、纪委书记，并被推选为上海市第八、第九届人大代表。我亲身感受了社会主义民主政治的发展，亲眼目睹了改革开放三十余年来的伟大成就。我常常用我亲身的经历自豪地对台湾岛内亲友说：半个世纪来，我从一个亡国奴，变成一个受到祖国爱戴的人，这种体验是难以用语言来表达的。我以自己的认识开导岛内亲友，台湾作为祖国大家庭的一员，只有和平、统一，才能飞速发展，才能获得应有的尊重。我离休以后，把主要精力用于促进两岸交流和祖国统一的事业。我利用自己与岛内频繁联系的优势，为亲友来大陆投资牵线搭桥，排忧解难。我坚信只要按照中央和平统一的方针，坚持不懈地努力，祖国统一大业一定能实现！我将为此作出毕生的努力，期望在有生之年看到祖国统一的那一天。

我作为台湾公费生的生活历程

郭炤烈

2011 年是第二次世界大战结束 66 周年，也是台湾脱离日本殖民统治，回归祖国 66 周年，暨我们公费生离开故乡台湾，到大陆攻读大学的 65 周年。

我于 1924 年 7 月出生在台湾省台中市，生活在日本殖民主义的统治下。台湾光复后，我通过考试，获得了回祖国大陆上大学读书的机会。作为第一届台湾公费生的一员，于 1946 年 11 月离开台中，从基隆港坐船到祖国大陆，赴北京大学读书。

离开台中车站前，母亲很不放心我这个就要远离她怀抱的爱子，给了我装着台中的泥土和水的小瓶子，要我到了北京后，把故乡的水土倒在我要用水的那口井中，可以尽快适应北方的水土。但在我看来，她是叫我不要忘掉故乡的山山水水。我捧着“故乡土”，对母亲说：“妈妈，请放心，我一定听您的话，暑假，我就会回来看您的！”我又对爱喝酒的父亲说：“我从大陆回来时，一定要带中国名酒茅台给您喝。”哪知道这次分别竟是我和父母的永诀。

我坐船抵达天津塘沽港时，风雪交加，我被皑皑白雪迷住了。我兴奋地扑抓随风飘舞的雪花，雪在手中化开了，我的心也在雪中融开了。我用力地踏着母亲的大地，心里喊道，这就是我的祖地啊，这里同我祖先生息过的山西太原，还有广东大埔是连在一起的啊！还记得我自己当时作的一首诗。

风到雪舞天地间，满目朦胧银一片；
求学途中访北国，初登祖地绪万千。

北京大学是中国新文化运动的中心，“五四”运动的摇篮，高等学府之一，未名湖和那座灰色的砖塔，让我感到自豪和骄傲。我刚到北大不久，北平发生了一件大事，美国兵强奸了我们北大先修班的一位女同学。我气愤极了，很快就和同学们参加了“抗议美军暴行”的示威行列。我有生以来第一次以中国人的尊严向外国侵略者发出内心的怒吼“美国佬滚回去！我们决不允许外国侵略者在我们的土地上作威作福！”

1947 年 3 月初，我听到从家乡传来了台湾“二二八”事件的消息。我虽然远离故乡，但心是同在台湾的兄弟姐妹们紧紧联系在一起的。我们北大的台湾同学，同北平各校的台湾同学一起，展开了声援台湾人民的斗争。我们在北大的“民主广场”上张贴了声援大字报，发表了告台湾同胞书、同学书，还写了书信支援岛内同胞的正义斗争。这时候，北大、清华、南开和燕京大学的师生，包括著名的许德珩、张奚若、闻家驷和王铁崖等教授都热情地支援了这场斗争。

通过这两件事，我进一步认识到我们台湾人民的斗争和祖国人民的斗争是紧密相连的。

1947 年春夏之交，中国国内形势飞快向前发展。“反内战、反饥饿、反迫害”斗争的浪潮席卷了蒋管区各大城市。当时在北平的台湾同学都奋不顾身地参加了“5·20”反内战、反饥饿的示威游行。在这个斗争的潮流里，分配到武汉大学学习的第一届台湾公费生陈如丰，被国民党军警枪杀的消息传来后，我们万分悲痛！我们在北大设立了灵坛，向这位为新中国的诞生献出了年轻生命的台湾同学宣誓："一个人倒下去，千万个人站起来！"

其实，我们台湾同学已经加入中华民族伟大的人民运动行列了。我在认真刻苦学习的同时，也积极参加爱国学生运动。继"5·20"反内战反饥饿运动，我还参加了反对美国扶持日本军国主义运动、支援东北学生运动、支援上海同济大学学生运动、保卫华北学联运动，直到防止北大南迁的护校运动，并起了骨干作用。

1947年6月，我加入了中国共产党领导的地下青年组织"民主青年联盟"，9月加入了中国共产党。辽沈战役、平津战役、淮海战役相继展开时，我参加了中国共产党领导的台湾民主自治同盟。

为了和平解放北平、保护古都，我暂时离开校园，走向社会，走进兵营。在团结旅平台胞拥护人民解放战争的同时，也去团结兵临城下的国民党军政人员，共同迈向建设新中国的光明大道。我作为中国人民一份子的台湾人，同古都人民一起，为北平的和平解放尽了自己应尽的一份力量。1949年春天，我作为北大师生的代表之一，到西苑机场欢迎来自西柏坡的中共中央负责人，有毛泽东、刘少奇、周恩来和朱德等同志。我们跟着党中央同志的坐车，乘车检阅了雄赳赳气昂昂的人民解放军队伍。

我按捺不住激动的心情，回到校园后就热情地投入到输送干部支援解放战争的工作中。同时，作为为数不多的台湾干部的一员，我也积极地投身到创建台盟华北总支部和设立台盟总部驻京办事处的工作，并作为台盟驻京办事处的副主任和台盟华北总支部的副主委，负责了第一届中国人民政协台盟代表团的秘书工作和后勤工作。台盟是1948年就响应中共中央的"五一"号召，参加了人民政协筹备工作的。当时，周恩来同志就说过："台盟是一个革命的组织，'五一'前就从事台湾人民的解放运动。"

这时，台盟所参加的第一届人民政协，履行了全国人民代表大会的职责，完成了创建中华人民共和国的历史任务。1949 年 10 月 1 日，在中华人民共和国的开国典礼上，我幸运地同在北京的台盟盟员和其他旅京台胞一起站在天安门前的金水桥旁，亲耳听到了毛主席的划时代的声音："中国人民站起来了！"在这以前不久，毛主席在新政协筹备会上就说，中国人民将会看见，中国的命运一经操在人民自己的手里，中国就将如东方升起的太阳那样，以自己的辉煌光焰普照大地，迅速荡涤反动政府留下的淤泥浊水，治好战争的创伤，建设起一个崭新强盛名副其实的人民共和国。今年是中华人民共和国成立 62 周年，我为祖国的繁荣昌盛感到欢欣鼓舞。

郭炤烈（左二）和汪道涵（左三）接待友人。

新中国成立以后，美帝国主义借朝鲜战争爆发的机会，用武力阻挠了中国的统一。让我难忘的是，当我作为台盟驻京办事处副主任主持1950年2月底召开的纪念台湾人民“二二八”起义三周年的大会时，朱德总司令向包括台湾人民在内的全中国人民发出了振奋人心的号召：“一定要解放台湾。”

1950年我毕业于北京大学法学院政治学系。先后在南京人民广播电台、华东·上海人民广播电台、北京人民广播电台、上海人民广播电台工作。1956年被评为上海市先进文化工作者，1957年被评为上海市先进工作者，1960年获得上海市先进工作者称号。1963年，我主创的录音报道《在荣誉面前》，颂扬南京路上好八连，获得了当年全国优秀广播节目欣赏会的“优秀广播节目奖”。我另外还制作了怀念“红岩”的许晓轩烈士的女儿的录音讲话《我的爸爸》。这些作品在全国广播，引起了广泛共鸣。1964年我又被评为上海市先进工作者，被选为出席全国文教群英会的代表。但是，1966年灾难性的文化大革命开始，我遭受打击，被戴上莫须有的各种罪名。

1972年中日邦交正常化后，上海电台与复旦大学于1973年3月5日联合举办《日语广播讲座》，学制两年。我担任此讲座的教材编写和口授，当时的不少学生后来成为研究日本的主力军。我还先后翻译过日本电影《松川事件》（1961）、《生死恋》（1976）、《望乡》（1978）、《华丽的家族》（1978）、《吟公主》（1978）、《风雪黄昏》（1981）、《猎人》（1983）及电视连续剧《姿三四郎》（1981）等，为中日友好也作了贡献。

1977年起，我被调入上海国际问题研究所，从事研究日本政治经济和对外关系、东盟经济、亚太地区经济合作、台湾政治经济。先后担任了亚洲室主任、日本室主任、副所长、高级研究员（教授）。1979年、1986年，我赴日本亚洲经济研究所作客座研究员。1992－1993年在日本独协大学法学部任客座教授。研究专著有《日本与东盟关系的历史与现状》（日文，1983）、《东盟的十五年》、《日本与东盟》（1984）、《新技术革命中的日本》（1985）、《太平洋的今天和明天》（1989）、《日本的起飞和选择》（1993）、《台湾问题概谈》、《台湾海峡两岸的共识和互信》（1999）。我的论文《亚太地区经济的崛起和区域合作的酝酿》获上海市1979－1985年哲学社会科学论文奖。《新形势下的中日关系》获上海市社联1988－1991年学术成果奖。《“台独”是没有前途的》获1986－1993年上海社会科学优秀成果奖。

郭炤烈夫妇

自1981年9月起，我担任了上海市台湾同胞联谊会第一届至第三届会长、中华全国台湾同胞联谊会第二届至第三届副会长、全国台湾研究会常务理事、上海市台湾研究会会长、上海市日本学会会长、上海国际关系学会副会长、上海统一战线理论研究会副会长、上海海峡两岸学术文化交流促进会副理事长、上海市第七届人民代表大会代表、上海市第五、六、七、八、九届政协委员（其中六、七届为常务委员兼市政协副秘书长，八、九届为委员兼港澳台侨委员会副主任）、中华日本学会常务理事、上海市国际关系学会副会长、中国太平洋经济合作（PECC）全国委员会委员和上海市海外联谊会副会长。

我通过学术研究和社会活动认识到，要实现两岸的和平统一，只能够寄希望于台湾人民。在台湾，客观上是存在着台湾独特的社会意识的，而具有台湾特点的社会意识，这是具有台湾特点的历史产物，有它产生、发展和演变的过程。然而，从历史上、经济上、政治上综合来看，台湾人的意识中，有一个根深蒂固的对中国文化的认同感和向往之心。对此我也发表了不少论文，并收集在拙著《台湾海峡两岸的共识和互信》（1999）之中。

早在1990年我就对争取台湾的民心抱有乐观态度。事实证明，中国经济的发展，法制的逐步健全，2008年的奥运和2010年的世博的举办，都让台湾同胞看到了大陆的经济和文化发展的前景。现在两岸飞机航班一周已增加到558班，大陆对台湾经济起到的作用不可忽视。今天两岸往来的成果，同我们三十多年来为交流而作的努力是分不开的。

我作为第一批台湾公费生的一员，为新中国的成立铺了路。后来，我又投入到海峡两岸的交流中。我希望两岸的和平发展今后可以不断稳步向前。

一个老台生的期盼

彭克巽

1948 年 9 月初，我刚从台湾省立高雄中学毕业，便同几位台湾学子一起，从基隆港搭上只有几百吨的客货两用轮船，经过四天左右航行，抵达天津港，随即乘火车到达古老北京的前门车站。在台北听说没有铺位的“等外票”最便宜，我和屏东中学毕业的曾祥发等同学便买了这种船票上船。一到晚上就把随身带来的老厚的台湾被子铺在甲板上，仰望着满天繁星，沉入海阔天空的梦乡。只不过有一个夜晚，睡梦被雨声惊醒，这才连忙搬到船室的走廊来。这些是 63 年前的往事，但是同船的十来位台湾学子大概都不会忘记这次海上之行，其中有几位是 1946 年到北京入学的台湾省公费生，是暑假回台省亲归来的，而我和曾祥发等同学是由台湾省政府教育厅保送到北京师范大学入学的。

每个人的人生都会有几次心花怒放的时期。我体验到的第一次心花怒放，正是 1945 年 8 月抗日战争胜利、台湾回归祖国怀抱的时候。心想，从此不会再受日本殖民者的压迫和奴役了，我们本来就是中国各民族大家庭中平等的成员，地大物博的国土将是我们人生活跃的大舞台，而家乡台湾获得新生后，将建设得更

青年彭克巽

加美丽!

1948年7月中学毕业，有了报名台湾省保送生到北师大上学的机会，我就欣然地申请前往了。

我到北师大英语系学习，受到来自北京和其他省市的同学们（其中也有不少保送生）的亲切关怀；不久，于1949年初，热情地迎接了北京的解放。我从亚热带的高雄来到严寒的北京，却过了一个温暖的冬天。1949年9月，我转而考入清华大学外文系学习俄文；1952年院系调整，并入北京大学俄语系学习，1953年7月毕业后留校任教。解放后，我的大学生生活是靠人民助学金度过的，加上同学们对远离家乡的台湾同学的出自内心的一些帮助，竟然是在没有感受到什么生活困难的情况下幸福、愉快地度过了的。

1949年10月1日，我们荣幸地参加了新中国的开国大典。清晨，清华的学生们就起床，赶赴清华园火车站，坐上列车，抵达西直门火车站，然后列队步行到天安门广场。广场上处处是欢乐的海洋，兴高采烈的人群。下午三点，我们听到了毛主席在天安门城楼上发出的洪亮声音：“中国人民从此站立起来了。”这一历史性时刻永远铭记在我们心中！晚上，我和一位在京的台湾同学一起在广场上观赏烟火表演，不由得交谈起："何时能让家乡父老也能看到这欢庆的天空？"

1951 年夏天，在北京召开了中华全国学生联合会第十五次全国代表大会。我与徐萌山等共五个台籍学生作为台湾省学生代表团的成员参加了大会，受到各省代表团的热烈欢迎。这也是我毕生难忘的一件大事。我还被推举为这一届全国学联的执行委员；后来还应邀参加过在中南海举行的一次活动，观看了几段芭蕾舞的精彩演出。我把这些都看作人民政府对台湾学生的亲切关怀。

我在北京大学俄语系长达45年的教学生涯中，曾任俄语文学教授、博士生导师以及中国外国文学学会理事。我主要讲授了《俄罗斯文学史》、《俄罗斯文学思潮》等课程，并培养了五位获得文学博士学位的研究生。我发表了相关的论文十几篇，专著《苏联小说史》（1988）和《陀思妥耶夫斯基小说艺术研究》（2006），后者于2008 年获北京市第十届哲学社会科学优秀成果奖二等奖。在 20 世纪 60 年代初期，我参加了杨周翰教授等主编的新编《欧洲文学史》的编写，并担任第二卷的主编。这些都是我在科研和写作中的珍贵回忆。在改革开放后的年代里，我曾先后到过大连、上海和南京，参加了俄罗斯文学专题研讨会等学术活动。1986 年夏，我曾赴匈牙利首都布达佩斯，参加了国际俄罗斯语言文学教师协会第六次世界大会，在分组会上宣读了自己的论文。

同时，在北京的漫长岁月里，我始终思念着家乡台湾，思念父母、弟弟妹妹和同学朋友……所盼望的是祖国统一大业的早日实现。在上世纪 80 年代初，两岸的往来尚未恢复时，我曾发表过两首抒情诗和一篇短篇小说，寄托对家乡的思念并表达台湾人民对祖国的热爱。在第一首诗《赤嵌抒情》中说：

赤嵌——连着我童年最美好的回忆，
祖父牵着我的小手，
曾有几次登上你的古城楼，
遥向那白茫茫的大海致意。……

啊，幽静的台南，你一直是我的爱，
因为你有一座赤嵌楼，英雄郑成功曾跨过海峡来到那里，
你使我懂得我有一个伟大的祖国，
——就在那苦难的童年时期。

（摘自1982年2月26日《人民日报》）

这首诗是献给民族英雄郑成功的，也是怀念保留许多历史古迹的台南的，同时也是思念我祖父的。我祖父彭塔（字云梯）是澎湖人，汉文老师，在日本霸占台湾的年代还在我们高雄的家里办过私塾教汉文，经常和诗友们聚会，作汉诗。他长期生活在澎湖县西屿乡，就是到高雄来居住，也经常想念离福建更近的澎湖。我的短篇小说《望穿秋水》（发表于1980年）便是以我祖父为原型，叙述一个台湾老人日夜盼望祖国早日从日本手中收回台湾的，因为他很清楚他的根在哪里。1982年，我曾参加北京市台盟组织的访问团，到福建去寻根。到达泉州、漳州时，那似曾相识的风土人情使我非常激动，在我的脑海里他们与高雄、台南汇集成一幅亲切的图画。这样就有了第二首抒情诗《泉州寻根》：

我将古老的名城泉州来寻访，
心中荡起柔情蜜意的涟漪，
我踏上似曾相识的祖先土地，
作为一个挚爱着你的儿女。

1991年7月，彭克巽偕同夫人参观赤嵌楼。

多么熟悉，沿着亭仔脚的热闹街道，
多么亲切，庙前屹立的大榕树。
从小抚爱过的台岛古城风景，
有如一幅艳美图画又涌现在我心里。……

（摘自1983年第3期《台声》）

随着两岸交流的逐步恢复和发展，我在北京接触了不少来自海外和岛内的台胞、台商、台生和台籍学者，曾与几位老朋友和老同学一起漫步在北京的大街、小巷上……我深深地感受到增进两岸人民的相互了解，促进和平统一的早日实现，是我们这些定居在大陆的台胞的历史使命。我们在台盟接待来访的台籍人士的活动中，经常就两岸经济文化交流的发展交换见解。在北京市政协的会议上，我曾经就北京市如何在两岸交流中发挥重要作用提出过建议。例如，在1989年4月的市政协大会上，我做过《加强精神文明建设，促进海峡两岸交流》的大会发言。我既介绍了台胞、台商朋友在看到北京名胜古迹的雄伟和大学环境的优美时的感动；也谈到来访台胞对当时北京火车站站内外的拥挤，在书店查看图书时不够方便等等的意见。我的看法是首都北京在台胞心目中的地位很高，首都经济文化建设中的成就和不足都会直接影响来访台胞的观感；北京在两岸经济文化交流中起着十分重要的作用。

1991 年 6 月，我第一次回到阔别 43 年的台湾高雄探亲，看望病重的母亲、年迈的父亲、弟弟和妹妹，也与不少老同学、老朋友见面叙旧。后来，我还前后五次回台探亲，为去世的母亲扫墓，为父亲送葬，也加深了同弟弟、妹妹和亲戚、朋友的情谊。

作为年过八十的老台胞、老台生，我深情地祈愿着：两岸关系和平发展的趋势能够顺利进展，并使那祖国和平统一的美好时光早日到来！

语言专家尤宽仁

钟明宏

尤宽仁，1925 年生，台湾屏东人，1946 年底入北京大学西方语文学系，晚年返台定居，最终于台北病逝。

在日本接触世界语而立定志向

尤宽仁来自台湾最南端的屏东县垦丁。1937 年考入台南二中，台南二中毕业后考入日本东京都青山学院航空发动机学系。他本来走的应该是理工领域，但是在日本学习期间，尤宽仁初次接触世界语，透过《世界语一月通》这本教材和《世界语日语辞典》开始学习世界语。从此，他就一头钻入语言学习的世界，立定了自己的志向。

抗战胜利后尤宽仁返回台湾。由于对语言的爱好，和对北京大学的向往，他于 1946 年考上公费生到北大西语系求学，主修的外国语是德语和英语。据尤宽仁本人说，他是公费生考试的榜首，可以说是台湾省的状元。从那时起他就展现了过人的聪明才智，并且专注于外文的领域。

北大时期的尤宽仁

国共内战期间，北平发生了一次又一次的学生运动，包括沈崇事件引发的反美帝国主义运动，以及1947年的反饥饿反内战反迫害运动。尤宽仁对政治不感兴趣，甚至完全没有政治敏感度，既不表态支持国民党或共产党，也没有参与过学生运动，完全置身事外，只是一心地钻研在外语中。

解放后主要从事翻译工作

国民党当局败退到台湾后，不过问政治的尤宽仁留在了大陆。1949年他到哈尔滨外国语专门学校学习俄语，此校乃黑龙江大学的前身。1950年在外国语专门学校教材编译科工作。凭着对俄语的熟稔和参与编辑工作的经验，1951年尤宽仁被分派到中共中央宣传部编译室，和毛泽东之子毛岸青等人从事斯大林全集的编译工作，合作翻译了斯大林全集中文版第一、二、三卷。

1953年尤宽仁转入中央编译局。中央编译局的全名是中共中央马恩列斯著作编译局，1953年成立，主要业务是编译和研究马克思主义相关著作，将之翻译成中文；并且将毛泽东、周恩来、邓小平等中共元老领导人的著作和中国共产党的重要文献翻译成外文，介绍给全世界。因此，中央编译局可说是中共相当重要的思想传播机构和喉舌机关。

1954 年，尤宽仁从中央编译局调到哈尔滨工业大学教务处从事翻译工作，后再转调工大图书馆担任图书馆员，负责外文图书的翻译工作。1986 年，尤宽仁以工大图书馆副研究员的身份退休。

不世出的语言天才

尤宽仁的专长在于语言，他的外语能力极为优秀，他的同事、友人以及其他公费生都一致称赞他是不折不扣的语言天才。他精通日语、英语、德语、俄语和世界语这五种语言，另外还能够使用日耳曼语族的荷兰语、瑞典语、挪威语、丹麦语，拉丁语族的法语、西班牙语、葡萄牙语、意大利语，斯拉夫语族的波兰语、捷克语以及印度尼西亚语等等。光明日报、工大校讯都曾采访报道这位掌握十多种外语的传奇台湾人。

他曾经对他的姐姐说，同一语系的语言都有相似的规律，只要他学会其中一种语言，就能够很轻松的学习同一种语系的其他语言。

哈尔滨工业大学图书馆有俄国人、日本人留下的大量外语书籍和数据，一般馆员处理不了。尤宽仁到任后，专职负责外文图书的分类编目工作，表现出色。每当图书馆购入外文书籍，必定是先让尤宽仁阅读之后做出摘要，再决定要编入哪一个类目中。可以说他从事的是最基础的工作，却又是最重要且没有人可以取代的工作。

由于背景知识渊博和语言能力出众，尤宽仁可以翻译各式各样的外语文件，许多单位和教授也纷纷拜托他为其翻译文件和作品。他翻译过五十余部外语科技影片，例如日文版的《海底电缆》、《通信卫星》、《神经的构造》、《世界的交通》，英文版

哈工大时期的尤宽仁。

《人和电子计算器的对话》，德文版《最新的印刷技术》等。工大的教师们也经常请他协助查找和翻译外语科技情报资料，例如荷兰语、捷克语写成的电子学论著等。

应邀在各单位教授外语

中日关系友好之后，六、七十年代尤宽仁又应工大日语系主任马宁教授的邀请在工大教授日语。以此为滥觞，他在哈尔滨讲授的外语课程愈来愈多。在工大校内，他为图书馆工作人员和医院医生讲授日、英、德、俄等外语课程；利用业余时间在广播大学开办外语课程；还为哈尔滨市立儿童公园的儿童铁路培养一批接待外宾的小翻译。

于是尤宽仁的名气愈来愈大，想要向他学习外语的人愈来愈多。最后尤宽仁干脆在工大提供的宿舍开班授课，免费教授外语，让一些没有能力上大学、没有闲钱的普通市民也能学习外语。这下子尤宽仁的名声彻底出去了，就连在工大附近的工厂作业员也会到他家学习外语。而和尤宽仁比邻而住的邻居，更有人直接把小孩送到他家让他调教。

这其中特别要说的是世界语。世界语是十九世纪末一位波兰医生柴门霍夫创造的，是当时有较多人使用的人造语言。尤宽仁早在日本留学期间就接触学习了世界语。到了东北，正巧哈尔滨是中国第一座传入世界语的城市。黑龙江省图书馆馆长张雁1953年成立了哈尔滨世界语小组，尤宽仁从1960年起担任副组长，开始在哈尔滨推广世界语。

世界语小组每个月聚会一次，地点就在省图书馆，尤宽仁透过世界语小组结交了不少对语言有一样爱好的同志。他们经常在一起学习，那是一段非常美妙的时光。没想到几年后文化大革命爆发后，张雁、尤宽仁等世界语小组的成员纷纷被以“里通外国的特务间谍”之名逮捕。世界语小组副组长的头衔，让尤宽仁被关押在监狱一年余，处境凄凉。

“文革”结束后尤宽仁被平反。改革开放后他先后担任黑龙江省世界语研究会副会长（1981年）和哈尔滨世界语协会副会长（1985年）。另外他也曾担任黑龙江省政治协商会议委员会第四、第五届委员，政治地位获得完全的提高。哈工大也增加他的待遇，给他分配了新盖的教职员宿舍。国家给予他的这一切，算是肯定了这位台湾人几十年来的辛勤付出。

几次出访海外和家人团聚

除了在图书馆编目和语言教学上的成就，尤宽仁还曾大力协助滞留在东北的日本开拓团孤儿寻找亲生父母。所谓开拓团，就是伪满时期移民到东北开疆拓土的日本人，此乃日人侵华的手段之一。第二次世界大战日本战败后，苏联红军进入东北，致使许多日本人匆忙逃亡或投江自尽，留下一批日本孤儿，由中国养父母抚养长大。中日建交后日方派人到东北寻找当年遗弃的孤儿，尤宽仁因精通日语又有名气，提供了不少协助。

因此 1983 年 10 月，尤宽仁夫妻受日方之邀，到日本参访半年，期间还受到日本外相的接见，以感谢他为“开拓团”孤儿所做的一切努力。

也正是透过出访日本的机会，尤宽仁才有机会在东京和几十年不见的台湾家人见上一面。尤宽仁的姐姐到东京探望这位失散多年的弟弟，姐弟俩在东京相处了十几天，把几十年来想说的话全给说了，心里有说不尽的感触。

后来全国台联组织一个巴西参访团，尤宽仁会说葡萄牙语，一个弟弟和妹妹又在巴西定居，黑龙江省台联就推荐尤宽仁代表出访。这趟旅程他见到几十年不见的弟弟和妹妹，犹记得当年离开老家去北大的时候，他的妹妹才五岁。想不到再次见面，自己的头发稀疏了，妹妹的儿子都懂事了。自己反而因为晚婚，独生子还不满十岁。

返台定居到晚年病逝

1990 年，尤宽仁终于获准返回台湾探亲三个月。离开故乡四十多年，他终于得以踏上这片土地。只是，父母亲都已经不在了。他回到屏东老家，到父母的坟前扫墓。尤宽仁是长子，但十几岁就出外求学，后又因两岸对立滞留在大陆，从来没有一天尽过孝道。谁知道有机会返家尽孝的时候，老人家都走了。这趟故乡行，虽然一解尤宽仁的思乡之情，但也让他不甚唏嘘。

1994 年，尤宽仁决定放弃在哈尔滨的一切返台定居。起初，台湾当局不承认他是台湾人，不让他返台定居。为此，他请公费生同学会会长江浓密访台湾的“中央图书馆”，找出当年公费生的录取名单和相关新闻，证实在1946年确有一批由政府公费派遣到大陆的台湾学生，尤宽仁才得以返台。他们一家人回到台湾后住在台北景美，返台五六年后尤宽仁病逝。

纵观尤宽仁传奇的一生，可说精彩亮丽而多坎坷。他的成就在于语言领域，但其实尤宽仁最为人所称道的不仅是他的语文专业更是他的人格——得意的时候从不骄傲自满，待人处事谦虚和气；失意的时候从不怨天尤人，埋首检讨自己，盼重新再出发。每一位和尤宽仁相处过的同事、朋友，都对他在顺境、逆境中所展现出来的正面态度、乐天知命的人生观感到相当佩服。

他只是一位渺小的台湾人，但他却留给我们一个伟大的故事。

（钟明宏：台湾自由撰稿人）

来自祖国宝岛的一位平凡知识人：杨威理

钟明宏

杨威理，原名陈威理、陈威博，1925 年生，台北淡水人，1946 年入北京大学经济系。现定居于日本。

接受政治家之路的栽培

杨威理祖籍厦门同安。小时候，他父亲就期许这位长子能积累深厚的学问与本领，未来中国崛起时，再让儿子回到中国大陆，成为来自祖国宝岛的一位大政治家、大外交官。

台湾人在殖民政权中受教育的机会微乎其微，杨威理的父亲决定让他从小就受日本教育。因此，从幼儿园开始，杨威理就被送到日本人设立的名牌幼儿园——台北幼儿园。杨威理之父只是下级铁道职员，而且台湾人的薪水又比同职别的日本人要低；日本学校里的台湾学生也饱受歧视，同样的表现，台湾学生的分数总是不如日本学生。但杨威理之父还是下定决心要走这条路。

他父亲考虑到这样下去也不是办法，说不定最后大学上不了，家里也会破产了。在杨威理小学三年级的时候，他父亲透过日本好友太斋君的介绍，成了日本石卷市中目家的养子。太斋氏和中目氏都是仙台藩士（藩士乃日本江户时代封建藩主的家臣）。中目氏膝下无后，本想领养子嗣，于是就收杨威理之父为继承人。杨威理之父就这样取得日本人的身份。

不过，他父亲只把自己的户籍迁到石卷，而把杨威理和母亲的户籍仍留在淡水，希望杨威理将来能到大陆从政。后因父亲工作之故，杨威理和父亲一起前往“满洲”进入大连的小学以及大连三中，在那里度过了七个春秋。

被殖民者的民族认同

大连三中实施的是彻底的效忠天皇教育，还是台湾籍的杨威理表面服从，其实内心充满反感。他的父亲经常告诉他：“绝对不可以忘记自己是中国人！现在是没有办法了，只好忍痛蛰伏一个时期。”杨威理说，有一件事情使他终生难忘，那就是父亲曾在他的手掌写一个大大的“汉”！

少年杨威理开始过着两个身份的人生，在殖民统治之下寻求“我到底是什么人”的认同。在学校，师长和同学都把他视为具有十足日本意识的日本臣民；在课外，他偷偷阅读孙中山的三民主义，压抑不住对祖国的思慕之情。

他的父亲为儿子想的非常仔细，在杨威理中学毕业前对他说：“你要考入帝国大学的医学院。另外，还要进入私立大学法学院夜间部。白天学医，晚上学法，这一定很辛苦，但你一定要取得两个学位，大学毕业之后回到中国当政治家。手中握有医术，你就能够无所畏惧地坚持你的政治主张。万一下台，还可以开业，不怕没有饭吃。伺候良机，东山再起。”

1943 年杨威理考入仙台第二高等学校，1945 年入东北帝国大学医学院。在仙台，杨威理掩饰了台湾人的身份，谎称自己就

毛泽东会见台胞时与杨威理（左二）握手。

是日本人，同学深信不疑，连班主任也称他是来自“满洲”的现代化日本青年。但是随着年纪、学问与见识增长，杨威理的中国人意识愈来愈强烈。他已经知道，这颗樱树开出来的不是粉红色的樱花，而是土黄色的地瓜。

双重身份的日子在日本人战败后结束了。留日的台湾学生都说：“把大和魂扔进太平洋，赶快回去建立新中国！”杨威理憧憬北京大学，决定放弃东北帝大医学院的学籍回祖国求学。

但战后局势混乱，杨威理一无管道二无多余财力奔赴北京，遂在 1946 年 2 月先返回台湾，被教育处分发至台大医学院。可是他一直在想：“在这个小岛能干出什么事？还是要去广阔的大陆闯一闯！”正巧碰上公费生招募考试，他旋即考上公费生，以法科第一名的身份进入北大经济系。为什么不当医生改学经济？因为他坚信马克思所言："不学经济学，就无法理解现代社会。"于是他只身前往北平。

第一本由台湾人编纂的二二八史料

杨威理一到北大就发生了"沈崇事件"，他和许多公费生都参与了反美示威游行。在台湾参加抗日活动被逮捕坐牢好几年的詹以昌逃到北京，给予了北大公费生许多革命道路上的指导。他总是大胆发表反对国民党的演说，让公费生深夜在他家偷听延安广播，启发公费生的思想。

紧接着台湾岛内发生"二二八"事件，一开始台湾公费生不

杨威理夫妇近影

清楚真相，后来透过家人的信件才了解实情。由于国民党封锁了消息，公费生去到美国领事馆的图书馆翻阅香港报刊和外国新闻，整理许多信息。杨威理是北大公费生的领导，在他的组织动员下，加上几位大陆学生提供的帮助，他们一晚上写了十几张海报，隔天一早贴在北大民主广场的墙壁上。

很快地，原本只是发生在岛内的事件，透过公费生的力量，一天就传遍整个北京城。当晚，北京报馆的记者采访了公费生，翌日刊载此一新闻，这下“二二八”的事情传的更远了，上海的某家报刊还以头版头条报道了北大公费生揭露“二二八”真相的海报墙。

北大公费生虽然距离台湾最遥远，却是最热血的一群。他们编印了两本小册子，一本是访问北大几位名教授谈论“二二八”事件的记载，一本是当时有关“二二八”的报刊言论集，这应该是台湾人最早有意识编纂的“二二八”史料。这里头可能还收录了北大公费生联名发表的《告台湾同胞同学书》。

可惜在那个疯狂的年代，滞留在大陆的公费生几经颠簸，很多文献资料都丢失了。也许返回台湾的公费生，或是台湾民主自治同盟的书库可能还藏有这两本册子。断简残编，搜罗匪易啊……

不是政治家而是图书馆馆长

公费生在“二二八”事件中所做的宣传和努力，引起了北大进步学生的注意。他们开始接触公费生，让他们参加读书会等活动，传播进步思想。没多久，包括杨威理在内，半数以上的公费生都加入了共产党的外围组织民主青年联盟或民主青年同盟，公费生几乎全数倾向于进步组织。杨威理则是在 1949 年加入中国共产党。

内战导致物价高涨，从台湾寄来的公费入不敷出。杨威理代表公费生去向北大秘书长郑天挺教授求援。幸得郑氏资助，北大的公费生尚不至于饿肚子。

平津战役开打前，杨威理就假扮商人离开北平潜入解放区。三个月后他同人民解放军再次进城，国民党政府在河北省完全溃败了。杨威理说，没有一个北京市民不佩服解放军严明的纪律，没有一个老百姓不感叹共产党的廉洁，所有人都把未来的希望托付给中国共产党。1949 年 10 月 1 日，杨威理和北京市民一起参加建国典礼，流着热泪庆祝中华人民共和国的诞生。

“中国人民要站起来了！”抱着这样念头的杨威理，开始了在大陆四十年的岁月。最初杨威理负责整理日本人留下来的书籍，随后中央编译局成立图书馆，杨威理以二十四岁之姿被任命为馆长，这个万年馆长一直干到退休。为此他遗憾地说：“我遵照父亲的意愿回到中国，但没有能够成为政治家，命运偏偏逼迫我湮没在书堆里。”

“文革”中瞬息万变的遭遇

这边要先说明一下杨威理的职位级别，这个职位和他在文革中的遭遇息息相关。中央编译局图书馆馆长的级别相当于副司局级，杨威理以台湾人的身份做到这个位子，算是台湾人在大陆相当高的官位了。

文化大革命爆发，在一片夺权声中杨威理非但没事，没有被视为资产阶级当权派打倒，还参与了中央编译局对局领导的斗争，他还成了造反派的头头儿。这说明了“文革”一开始的时候，该斗谁不该斗谁，谁能斗谁不能斗，革命群众也拿捏不住标准。

但几个月后，杨威理也成了被斗的对象，失去一切权力和声望。他的罪名有右派、国民党特务、日本特务、海外关系、“台独”分子、祖国分裂主义者。这里面每个罪名都是莫须有的。尤其主张台湾自治的谢雪红被打成“台独”分子后，曾经强力支持谢雪红的杨威理，在台盟的言行成为他的重大罪状之一。编译局的造反派都是读书人，只兴文斗而不武斗。但面对一次又一次的批斗，对精神是很大的折磨。

1968 年杨威理在清理阶级队伍中被抄家，风琴甚至被分解，以检查里面是否有无线电台。在单位被劳改、隔离、软禁，工资被扣，这下不只精神折磨，生活还贫困了。1971 年秋，杨威理被下放到江西省进贤县中共中央办公厅五七干校，这又是一个更严峻的劳动改造，远胜在编译局的劳动强度，精神折磨、生活贫困，又加上了肉体不堪负荷。直到 1973 年夏天，他才结束在五七干校的日子回到北京，并且从诸多罪名中被解放出来。杨威理，可以说已经没有政治上的问题了。

多少年后，杨威理对谢雪红的评价是：其台湾高度自治的主张，为邓小平的一国两制理论所发扬，而谢雪红的主张更具有开创性与革命性。杨威理非常认同谢雪红的政见。因此，自从结识谢雪红后，杨威理一直是她的坚定追随者。他也为这位两岸交流的先行者的悲惨下场，感到伤心难过。

在五七干校的后一年，杨威理被调到猪舍养猪，成了“猪倌”。他会说闽南话、北京话和日语、英语、德语、拉丁语、法语、俄语、西班牙语九种语言。一个养猪的人会说九种语言，在当地的农民中传开了。对没有读过书的农民来说，要学北京话都相当困难了，怎么有人能学会九种语言呢？杨威理自嘲说：“不是九种，是十种，包括猪语。”在那段苦闷哀戚的日子里，杨威理成了中国少数能和猪对话的读书人。

图书馆馆长退休后到日本任教

“文革”结束后杨威理被平反，回复一切名誉与工作。此后他忙碌于中央编译局图书馆馆务直到退休。1989 年他到英国探望女儿，后来在日本友人的帮助下定居日本。

杨威理在大陆期间除了担任中央编译局图书馆馆长，还曾任中国图书馆学会第一、二、三届常务理事，中央国家机关和科学研究系统图书馆学会第一届理事长，台湾民主自治同盟中央评议委员等。整体而言，他在大陆的成就乃是建立了一所藏书近百万册、亚洲最大的社会主义史文献的图书馆，并且在这座图书馆服务了四十个春秋。

定居日本后，曾任骏河台大学日本文学和中国文学讲师，新潟产业大学中国社会史教授，东京都立大学台湾社会史、中国社会史、日本社会史客座教授，现在是新潟产业大学的名誉教授。

著述百万的台湾学人

杨威理的学术专业之一是图书馆学，1988 年出版《西方图书馆史》，这是一部系统研究西方图书馆发展历史的专著。此书记述了五千多年来的西方图书馆发展史，起自两河流域的泥板文书，一直到现代化的图书馆设立，全书多达四十万字。《西方图书馆史》在学界的评价是“系统论述西方图书馆发展历史的专门著作，为中国研究外国图书馆史的工作增添了光彩”。

1990 年，本书被评为全国优秀著作。大英博物馆因为本书，发给杨威理“学者专家特别阅览证”。他在出访大英博物馆的时候，寻找据说是马克思和列宁经常坐的座位，在那著名的圆顶阅览室下，体验哲人追求真理之痛苦……在这座收藏浩瀚知识的博物馆中，感受到了人类的伟大，与人类的渺小。在与先人的对话中，全知的圣贤是否可以了解自己的苦闷呢？

此外，杨威理还有诸多著作：《马克斯恩格斯书目》，德国出版；《私の昭和史》，岩波书店出版；《ある台湾知識人の悲劇》，岩波书店出版；《双乡记》，即《ある台湾知識人の悲劇》的中译本，岩波书店出版；《蔡元培传》（这是唯一一本日文的蔡元培传），里文出版社出版。在中央编译局服务期间，他还参与主编过《马恩列斯论巴黎公社》、《研究马克思恩格斯著作和生平论著目录》等书。

其中要特别提出来说的，是《ある台湾知識人の悲劇》这本书，其日文书名的中文翻译为《一位台湾知识分子的悲剧》。故事的主角叫叶盛吉，是杨威理的挚友。日据时期他们是仙台第二高等学校同窗，同住一栋宿舍。同样的出身背景，他俩结成莫逆之交。叶盛吉称赞杨威理的性格为："待人接物开朗磊落，博学多闻思想深刻。"

二高毕业后叶盛吉考取东京帝大医学院，但台湾一光复，叶盛吉就毅然决然放弃学籍返回台大医学院就读。杨威理到了北大，叶盛吉留在台湾，两位好友从此走上不同的道路。白色恐怖时叶盛吉被国民党逮捕枪决，而滞留在大陆的杨威理无从得知挚友死讯。

1980 年，杨威理才透过日本友人得知叶盛吉已经牺牲于白色恐怖，他悲痛万分。1989 年移居日本后，杨威理透过关系寻找叶盛吉后人的下落。他从叶盛吉的独子叶光毅的手上取得叶盛吉的日记手稿，之后将它整理出版，这就是《ある台湾知識人の悲劇》这本书的由来。在那个动乱的年代，知识分子所受的苦不但没少于一般百姓，可能还更加的巨大。杨威理和叶盛吉的际遇，正是当代知识分子的典型。

另外杨威理还有许多其他著作。将他的所有论文和作品结集成册，至少有二十本专书、数百万字的篇幅。这还不包括他在动乱年代自行烧毁或是被抄走散佚的数十本日记、笔记、信件等。我们可以这样说，这位从少年就遵循父亲教诲，立志成为中国大政治家、外交官的台湾知识分子，由于命运的捉弄，却成了著述百万的学人。这绝非少年杨威理的本意，却成了老年杨威理的成就。

如今杨威理已经完成了自己的自传，分别以中、英、日三种语言写成，未来将择日出版。据他自言，还有三四部书稿将要出版。我们期待这些书籍的问世，它将能让我们更加了解这位台湾知识分子，了解那段很少人知道的台湾史。

一位有特殊经历的平凡知识分子

杨威理十一岁就离开故乡台湾，1946 年和 1948 年两次短暂回台，此后一直到四十六年之后的 1994 年他才再踏上台湾故土。他自言此次回乡像是浦岛太郎的故事一样，故乡的一切都无法辨认了。只有淡水河左岸的观音山和新店溪的流水声依然如故。

曾经听过一句话是这么说的：“人的一生最难忘记的，是母亲的脸，和城市的面孔。”出版《西方图书馆史》的时候，杨威理在扉页写下这样一句话：“谨以此书，献给祖国宝岛的一位普通妇女——我亲爱的母亲。”父母的面孔，故乡的形象，从来没有一天在杨威理的记忆中消逝过。父亲自幼对他的期许与栽培，宝岛淡水的风光所带给他的童年，深深烙印在他的流浪人生里，未曾抹灭。

这位出生在台湾，一生经历大正、昭和、“康德”和民国、共和国的台湾知识分子，直到今日都还秉持着求学时的初衷，关注着台湾、大陆的未来发展。杨威理是个平凡的人，但是从他的身上，我们可以看到那个动荡年代的读书人典型，可以看他与平凡人不同的特殊之处。忧国忧民是那一代人的特征，也是值得后人学习之处。

我与爷爷的约定

——记爷爷余健湖

余逸琪

十年前——

“爷爷，老姑们要走了，她们要去哪里啊？回她们的家吗？”一个小女孩仰着她可爱的苹果脸奶声奶气地问。

“嗯，她们回家了，可是我，却回不去……”

她望着爷爷，老人家脸上谷壑深处顷刻横流的水向，留下湿湿的痕迹。

“我们为什么会回不去啊？老姑们的家在哪里呢？”小女孩眨巴眨巴眼，大眼睛里显露出的是一丝丝不明所以。

“台湾，我们，去不了啊——”尾音延长。岁月里，所有的痕迹化作一抹苦涩，随老人的眼泪一闪而过。

“那，让我们来做个约定吧，我们肯定回得去的！”小女孩一脸天真的笑，“爷爷，我们来勾手指。勾勾手，一百年，不许变！”……

当姑妈对我说暑假会去台湾时，我很高兴，因为，我从未忘记与爷爷的约定。可是，爷爷您为什么不等等我了，竟心急得比

余健湖年轻时的照片。

我们先走一步呢？在那晴空万里的天空，我忽而望见您正在归途中。

身在异乡，50年的光阴竟汇成一首思念的赞歌，而我亲爱的爷爷，也只能靠地图来一解乡愁。他用粗糙的手指划过印有台湾地形的冰冷平滑的纸面，它冷冰冰，了无生气。手指的指纹印刻在地图上，仿佛想用尽所有的力气，将自己的回忆与思念镌刻在时间的年轮。

而后，我才知道，爸爸之所以兼职台联会工作，或许是为了完成爷爷长久以来的心愿——让大陆与台湾的关系更加美好。

当我们一行人带着爷爷的遗愿来到台湾时，我的心，悲喜交加。那时，千言万语，只化成了一句话："爷爷，你知道吗？我们回家了。"

我亲手将爷爷的遗物交给了老姑们，她们双手接过，说："回来了，你终于回家了啊！"那时我明白，当眼泪找到正确的泪线，便会夺眶而出。

回到汕头后，我给爷爷写了封信。

爷爷，

我们回家了！

家很漂亮。

书上的插图中，日月潭挤在里面，显得好小好小。可是您一定知道，日月潭其实很大，我们开游艇逛一周需要半个小时。

余健湖

阿里山很高，山里有很多奇树异潭，而且它们的背后，都有着一段段与近代战争有关的故事。这些故事，感人肺腑，激励人心。后来，我慢慢发现，原来台湾人民与大陆人民，永远是心连心的。

阿里山山脚下，就是嘉义。听说这是您从小长大的地方。那么，您小的时候，肯定也顽皮过吧，不听劝告，也在曾爷爷的眼皮底下溜进阿里山玩，对不？哈哈，我听老姑们说，你后来还迷路了呢！不过我想，您也会在迷茫中找到正确的方向的，无论是在阿里山内，还是在其他地方，因为我知道，这就是您的故乡，是那么的熟悉！

现在，台北那边，有座101层的高楼拔地而起，展现着台湾的繁荣与发展。爷爷，您一定很高兴吧？

后来，我把这封信放在一个花盆里，埋上土，再种上爷爷最爱的花。爷爷，您是否有收到我的思念呢？

看着花儿一天一天地长大，就像爷爷的思念在土地扎根，慢慢绽放。也许，埋在土里的信会腐烂，但是纸中爷爷思念故乡的心，以及希望大陆与台湾携手共进、共创繁荣家园的心，会冲破信纸，化作养分，供给能量。那里还有一颗心，那颗属于故土的心，是鲜活的，是永远跳动着的……

几个月过后，花开得鲜艳。

我看着这些花儿，莞尔一笑，心中默念："爷爷，你我的约定，我完成了呢……"

（作者余逸琪系余健湖孙女）

余健湖简介

余健湖，台湾省嘉义人，生于1928年4月。原广东省汕头市台联副会长，汕头市政协第六届、第七届常委，广东省政协第六届、第七届委员。

台湾回归祖国后，1948年他怀着一颗爱国心，由台湾省政府教育厅公派到北京大学读书。北京和平解放后，余健湖于1949年4月光荣参加中国人民解放军，为祖国的解放献出台胞青年的爱国热忱。1958年余健湖从部队转业到汕头市第三中学，从事教育工作，为祖国培养年轻一代。1982年随着海峡两岸形势的发展，到汕头市台联工作，为落实台胞政策，创建"台胞之家"，为祖国的统一事业做了大量的工作，赢得台胞乡亲的交口称赞。离休后，他仍发挥余热，运用其熟练的日语知识，长期帮助有关部门和企业，接待台湾同胞及日本友人，为汕头的外引内联、招商引资等社会经济文化发展作出了贡献。

2002年9月29日，余健湖因病去世。

浙江大学

ZHEJIANG UNIVERSITY

惟缘深深怀有一颗中国心

陈懿榕　（陈泽炙）

1946年11月24日，包括我在内的47名考入沪、杭两地高校的台湾公费生搭乘“民众号”离开美丽的宝岛——台湾，奔赴大陆。我们乘坐海轮到上海后，即转达杭州，我的人生从此翻开了新的一页。直至今日，我还记得离开家乡的那天，母亲到基隆港为我送行的情景：一个站在陌生的甲板上，一个站在熟悉的码头上。母子相望，拼命挥手。随着船笛一声鸣响，彼此的身影越来越小，视线也越来越模糊——谁曾料到，这一挥手告别，竟成了生离死别。

往事并非如烟。每当我思念亲人，一幕幕情景依然如在眼前。我出生在台北市，上世纪20年代末，父亲被派赴福州市一所台湾子弟学校当教师，我和几个弟弟就在那里读小学，毕业后又回到台北市读中学。父亲是师范毕业，而后执教30余年，学生桃李满天下，家里面进进出出都是读书人，所以说我们家是书香门第一点也不为过。我是从成功中学的前身——台北二中毕业的，那是一所以台生为主的中学。而当时的台北，另有一种专供日本学生和台湾的有钱人子弟就读的学校，差别对待。在台北二中读书期间，我最幸运的是遇到了班主任高村平一郎老师。

当时日本殖民者为了压制中国人，很多方面都有区别对待的限制：比如户籍管理中要区分内地人（日本人）和本岛人，战时配给的粮、油等生活用品额度也各不相同；教育系统也是为了配合殖民者的奴化教育政策，不但教师用日语授课，课本内容尽是“皇民化”教育，台湾学生的正常升学也受到限制，多数学生报考理工科的院校，报考文科类则没有出路，因为殖民当局怕台湾学生将来从事政治活动，反对殖民统治。但高村平一郎先生却丝毫没有歧视台湾学生，反倒显得特别厚爱像我这样用功刻苦学习的台湾学生。二战后期，日本兵源匮乏，便强行征集大量的中国人去当军夫或者“志愿兵”，其实就是去给日本人卖命。当年我大哥被征兵服役后因病被退回，若不是这位日本老师去和有关部门协调，并介绍我去农业试验所工作，我即便没有被送去当炮灰，也会在南洋群岛的密林里葬身荒野。二战结束后，高村平一郎先生与其他日本老师一起回国。此后还多次邀请我赴日相会，

陈懿榕（后排右侧）1954 年的照片。

然我却因种种原因，均未能成行，留下了终生的遗憾。

抗战胜利，台湾光复后，台湾省行政长官公署教育处在1946年夏季招考100名赴内地大学升学的公费生。我去应考录取，获得到大陆求学深造的机会。根据当时的规定，公费生可以从大陆的10所高校内自主选择学校，我和另外五名男生、两名女生选择了浙江大学。时任校长竺可桢、数学系教授苏步青等师长对我们台生都非常关心。1947年除夕，校长还请我们几名台生去他家里吃年夜饭。苏步青老师也很平易近人，我们经常去他家里做客。浙江大学以“求思”为校训，是竺可桢校长提议的。在校的那几年，我们充分感受到了浙江大学淳厚朴素的校风、师生们勤奋好学的劲头。

1947年，浙大学生会主席于子三同学被害，全校集会抗议，与暴徒进行斗争，我们几位台湾学生也积极参加。“二二八”事件发生后，我也写过文章抨击台湾当局，不料却被情治人员盯上。

陈懿榕（左一戴眼镜者）在抗美援朝时期的照片。

在我来到浙江大学的第三年，台湾同祖国大陆不幸分离了，海峡两岸从此隔绝，所有的往来都中断了。虽然学业尚未完成，但为了响应祖国解放台湾的伟大号召，1949 年 11 月我毅然投笔从戎。当时，我加入的是中国人民解放军九兵团政治部的台湾干部训练团，团长是来自台南的蔡啸（曾任中国人民解放军总政治部联络部副部长）。入伍后不久，朝鲜战争爆发。1950 年 11 月，我加入了中国人民志愿军（任第九兵团政治部联络部敌工科英文、日文联络员），跨过鸭绿江，投入到了抗美援朝的艰苦战争中……

当时，我军物资运输几乎全部依赖汽车运输队，到了夜间，运输队的车灯一开，远远望去就像一条东方巨龙在崇山峻岭之间盘旋，好不壮观！但一遇敌机偷袭，所有灯光瞬间熄灭，可谓是神出鬼没。到了前线，当时世界上最强大的 B－29 轰炸机日夜不停地从一万米高空上投下雨点般密集的重磅炸弹，有时睡梦中被巨大的爆炸声惊醒，第一反应就是深深松一口气，庆幸自己还活着，没有被炸死。经过浴血奋战，原本麦克阿瑟狂妄叫嚣将会结束朝鲜战争的“圣诞节攻势”，终于在志愿军的猛烈阻击战中以可耻的失败而告终，但此时所谓的联军指挥官并未醒悟过来。很快，号称常胜军的美国陆战队一师又被我志愿军打败，落荒南逃。然而，为了这一次次胜利，我们的战士们也做出了很大的牺牲——由于军情紧迫，很多南方来的战士都是穿着夏季军服入朝的，再加上大家普遍没有防冻知识，很多人手脚被冻坏，被迫在后方进行了截肢手术。我是一名联络员，平时主要教战士们如何进行敌前英语喊话，以瓦解敌军士气；前线送来了俘虏，我就用英语向他们揭露发动这场战争的非正义性；同时，我还押送俘虏到前方指挥所，并对他们的部队番号等信息进行登记备案。此外，我还承担了坑道作战的测绘工作等任务。

1952 年 10 月，部队奉命回国。鉴于我在战场上连续 700 多个日夜中不怕牺牲、胜利完成了各项任务，授予我三等功，并荣获朝鲜民主主义人民共和国军功章一枚。在朝鲜战场上度过的激烈、残酷、艰苦的两年战地生活中，我深深地感受到了中国共产党的伟大和领袖毛泽东的魄力，以及志愿军战士“敢摸老虎屁股”的勇敢和可爱。难怪军旅作家魏巍能够写出不朽的战地报道《谁是最可爱的人》，就是因为他在战争中有切身感受。是的，建国刚刚一年，脚跟还没有站稳，在敌我双方军事力量相对悬殊的情况下，敢于出兵迎战的，只有中国共产党领导下的人民军队。

回国后，我于1956年7月被分配到浙江省建设银行工作。两年后，从省城下放到巨化建设办事处。随后的“文革”十年，因为是“台湾人”、“有海外关系”等原因，我在政治上、工作上均备受不公的待遇。尽管这样，我仍坚信组织终有一天会还我清白。多年来，我一直顶住来自各方面的压力，默默无闻、兢兢业业，赢得了组织和同志们的信任。

陈懿榕近照

十一届三中全会后，台胞们重获政治新生。对我个人来说，唯有更努力地工作，为建设我们现代化的国家，为祖国早日和平统一贡献自己一点绵薄之力。就我所知，广大台胞始终心系国家，即使在自己受到不应有的歧视，遭遇不幸而陷于困境的岁月里，依然深深怀有一颗爱国之心，将全部希望寄托于国家的政通人和。我至今仍清晰地记得，党的十一届三中全会公报的发表如同和煦的春风吹遍祖国大地，我们台胞由衷感觉到希望即将变为现实，都翘首盼望这一天早日到来。

特别不能忘怀的是，1979 年元旦，全国人民代表大会常务委员会发表《告台湾同胞书》，其中非常动情地讲到："自从 1949 年台湾同祖国大陆不幸分离以来，我们之间音讯不通，来往断绝，祖国不能统一，亲人无从团聚，民族、国家和人民都受到巨大的损失。"当时，我一字一句地读着这段话，禁不住泪流满面，心潮澎湃，思绪绵绵，觉得自己以往所遭遇的不幸和切身之痛，似乎就凝聚在这几句话中。三十年间，两地分离，是国家的大不幸，也是我们台胞的大不幸！由于祖国不能统一，两岸之间音讯隔绝来往断绝，亲人无从团聚，隔岸相望，刻骨相思，"三更同入梦，两地谁梦谁?"这正是我从青年、中年到老年的人生之痛啊!

值得欣慰的是，作为一名老台胞代表，从 1977 年 12 月起，我就被推荐为浙江省政协委员，连任第四、五、六、七届委员。期间还兼任过衢州市政协委员、常委等职务。更让我感到荣幸的是，1981 年 12 月，我经组织批准，光荣地加入了中国共产党。每每回想起这一切，我都会深深地感受到——只有在中国共产党的领导下，像我这样居住在大陆的老台胞才有今天的政治地位和现在的幸福生活，才能有机会为实现祖国统一的梦想继续奋斗。

日月如梭，光阴荏苒。弹指间，今年已是台湾省光复后首届升学内地大学公费生回大陆升学 65 周年。作为一名老台胞、老台生，这些年来我目睹了两岸关系走上了和平发展的正道，交流、交往不断发展深化，也实实在在地感受到了伟大祖国复兴的澎湃脉搏。每时每刻，我都在为两岸日益密切的交流交往而感到兴奋和欣慰；每时每刻，我都在热切地期盼着两岸统一的那天早日到来！

考取公费生　走上革命路

——纪念台湾省首批公费生回大陆升学65周年

洪瑶楹

1928年3月我出生在台湾，时值日本殖民者统治台湾时期，尝尽被外国入侵者统治的滋味。1945年5月，正在台湾台中一中读书的我，因下中国象棋，被日本老师痛打，受到“训诫”处分。同年6月，又因没有给日本警察敬礼，被连打带踢捆绑拘留。此类对台湾人的歧视屡见不鲜，使我深深感受到做日本殖民统治下的台湾人的屈辱。“我是中国人”的强烈民族感刻印在了心中，从此便盼望台湾光复回到祖国怀抱。

1945年8月15日，日本宣布投降，台湾全岛顿时沸腾，家家户户张灯结彩，烧香祭祖，告慰先人，庆祝台湾回归祖国。但到台湾的国民党党政军官员，以接收大员自居，仍视台湾人为二等国民，贪污霸女、殴打百姓，无恶不作，民怨民愤，日积月累，台湾人光复时回归祖国的热情被冷酷的现实浇得心寒。虽然我对国民党当局也大失所望，但总觉得盼望多年的祖国不会都是这样，很想到祖国大陆看一看。

1946年6月25日，台湾省行政长官公署教育处发布公告，

1948年洪瑶楹20岁，浙江大学三年级学生（摄于杭州市）。

要考选100名台湾省公费生到内地各大学升学。已在台中农林专门学校读书的我马上报名并考取了。1946年11月时年18岁的我，负笈浙江大学农学院农业化学系，来到祖国大陆杭州。政治思想一张白纸的我，一个月后就遇到了美军强奸北大女学生沈崇的事件。出于正义感，我参加了浙大学生会组织的声势浩大的示威游行活动，抗议美军暴行。1947年3月，国民党政府从大陆调兵赴台，残酷镇压台湾人民的"二二八"事件。这件事使我彻底看清了国民党的真面目，决心反对国民党，要为台湾人民报仇。我们几个台湾省公费生在浙大校本部壁报栏粘贴有关"二二八"的油印材料，向同学们说明事件真相，揭露国民党当局的罪行。当时国共两党的内战已全面爆发，1947年后"反饥饿、反内战、反迫害"的学生运动在全国范围内风起云涌。在学生运动中，我认识到在祖国大陆有一股反对国民党的政治力量，这就是中国共产党。学生运动启蒙了我的政治思想，使我从感情上倾向共产党，从此后虽积极参加了历次反对国民党的学生运动，但对中国共产党还是不甚了解。1948年，有个同学塞给我一本有些磨旧的小册子，要我偷着看。晚上熄灯后，我躺在宿舍床上，蒙上被子，用手电筒一口气看完了陈云同志写的《怎样做一个共产党员》。从此我的政治思想更加明确，人生观开始发生质的变化。由于局势的动荡，1949 年初台湾省政府教育厅要我们公费生回台湾转读台湾大学，来内地各大学读书的近百名台湾省公费生有一部分同学回去了。当时经过几年学生运动的熏陶，我的人生观已确立，政治思想已明确，决定留下来，迎接解放，参加革命。

1949 年 5 月 3 日，杭州解放。不久我在杭州市青年干部学校系统学习了马列主义、毛泽东思想，其中党史和社会发展史对我的影响最大。我的政治思想和人生观发生了质的飞跃，决心要为共产主义奋斗终生。1949 年 8 月，我加入了中国新民主主义青年团。为了打回老家建设社会主义新台湾，1949 年 9 月 1 日我投笔从戎参加中国人民解放军，成为第三野战军第九兵团政治部台湾干部训练班（后扩编为训练团）的一名学员。1950 年 1 月 18 日，22 岁的我加入中国共产党，从一个民族主义者成长为一名共产主义战士，走上了革命大道。1951 年，我在华东军区工作，1953 年调广州某部工作，多次荣立战功。这一阶段，我心情舒畅，工作积极，一心要为早日解放台湾尽自己的一切力量。

1955 年肃反运动开始，作为台湾人的我首当其冲，被重点隔离审查了十个月。我为反对国民党而参加革命，却因台湾未解放无法查清历史，而被怀疑是国民党特务，真是天大的冤枉。1957 年，反右斗争紧接着展开，我被打成“中右分子”。这些突如其来的冲击给我极大的震动，很伤心。但已确立了人生观，认定没有共产党就没有强大的新中国，一心要走革命道路的我，对中国共产党仍然充满感情，对自己所选择的革命道路深信不疑。1958 年，我转业到黑龙江省国有农场系统，从部队到地方，从最南方的广州到最北方的赵光农场，从繁华的大城市到人烟稀少的“北大荒”，由军官下放为农业工人。加上冬季零下三十七八度的酷寒，特别是政治上不被信任，工作上不被重用，都令我悲观失望。由于意识到在当时的政治环境下，只有台湾解放，自己的历史才能澄清，才能在政治上获得解放，因此，决心集中精力钻研农业技术做出成绩，以实际行动表明自己是一名共产党员。

1960 年，作为农业技术员，我把科学实验转到大面积机械化施肥方面来。我跑遍了农场百万亩耕地的每个角落，查阅了 180 多个地号档案，记下厚厚三本技术资料。经过三年努力，总结出一套“大面积机械化施肥方法”，每年可为国家增产粮食两千万斤以上，当年就被农场采用推广。黑龙江省的冬季是漫长的，而春播季节却十分短暂。根据这个气候特点，我大胆地提出秋季施肥的设想。从 1963 年秋季开始，经过四年大面积生产试验，终于在省内首次证明了秋季施肥不仅可行而且效果不错，为大面积机械化春播抢农时和深施肥以增加肥效闯出了一条新路。这两项科研成果，几十年来已被推广到全省各国有农场，成为常规措施。

1966 年“文化大革命”开始，我受到更大的冲击，被关进“牛棚”一年，精神上、肉体上遭受到极大痛苦。在批斗我的大会上，才知道自己是“中右分子”，档案上记有“历史不清”、“有海外关系”、“特嫌”、“内控”、“不可重用”等极“左”路线的诬陷不实之词，看到这些，我顿时控制不住感情，泪流满面。

1976 年，党中央粉碎了“四人帮”，颠倒黑白的“文化大革命”终于结束。1978 年 12 月召开的中国共产党十一届三中全会彻底清除了“左”的错误，伟大的中国共产党领导全国人民，又走上了蓬勃发展的光明大道。1981 年 9 月 28 日，党中央下发《关于落实居住在祖国大陆台湾同胞政策的指示》，即中共中央（1981）38 号文件。这是党对居住在祖国大陆台湾同胞政策的纲领性文件。其中明确指出“党对居住在祖国大陆台湾同胞的基本政策是：一视同仁，并在各方面优先照顾”。背了 20 多年的沉重政治包袱卸掉了。不用等到台湾解放，就在那时，我获得了政治上的再解放。

1994年3月，洪瑶楹受中华全国台湾同胞联谊会委托，作为团长率大陆台胞访日团出席日本东京崇正公会第28届会员大会时，与台方团长台湾当局“台北驻日经济文化代表处”代表、台湾省升学内地大学首批公费生同学林金茎碰杯叙旧（时年66岁，摄于日本东京）。

1978年，我被提升为北安国有农场管理局农业处副处长。北安农管局下辖15个国有农场，耕地面积450万亩，所处面积相当于台湾全省总面积，各农场分布在黑龙江省北部边疆与苏联（今俄罗斯）隔江相望。我每年都要用150天以上的时间来往于各农场间，指导生产，检查工作。这期间我发表了10多篇科技论文，获得北安农管局科技一等奖、黑龙江省农业区划优秀成果奖、黑龙江省国有农场总局科技二等奖。1973－1980年连续8年被评为北安国有农场管理局机关先进工作者、模范工作者，1979－1980年被评为优秀共产党员，1982年在黑龙江省国有农场系统晋升为首批高级农艺师。在“北大荒”从事农业生产的23年间，我为能把自己的青春献给祖国机械化现代大农业感到兴奋。

1982年11月黑龙江省台湾同胞联谊会成立，我被选为驻会副会长兼秘书长。中共中央（1981）38号文件指示："对台湾同胞中的冤假错案，要逐人复查，全错全平，部分错部分纠正，含冤致死的昭雪……"根据这个精神，我首先积极协助省有关部门解决老台胞中大量存在的冤假错案，卸掉了他们所背负的各种政治包袱。1994年3月，受中华全国台湾同胞联谊会委托，我作为团长率大陆台胞访日团出席日本东京崇正公会第28届会员大会。这届大会台方的团长是台湾当局"台北驻日经济文化代表处"代表林金茎，他也是首批台湾省公费生，就读复旦大学，1949年初上海解放前，回台湾转读台湾大学，而我留在大陆参加革命。两人各走不同政治道路，从未再见过面。过去的各届大会，我方与台方各讲各的话，各喝各的酒，互不往来。这届大会因有台湾省公费生同学这一层关系，我与他握手叙旧，交换名片，互送礼品，摄影留念，使大会气氛变得十分热烈。全日本崇正总会会长、国民党侨委邱添寿上台激动地大声说："今天看到大陆的洪瑶楹团长和林金茎代表热烈握手叙旧，两岸统一的日子不会太远了，最好是明天就统一。"大会上的热烈气氛也影响到不同政治倾向的台湾留日各社团，促进了彼此的往来。我国驻日本大使馆给外交部的报告中说这届大会"取得了两个突破"，高度肯定了我们的成功访日。在黑龙江省台联15年工作期间，作为地方台联，主要是使乡亲们感受到社会主义祖国的温暖，增强他们作为国家主人翁的自豪感，在祖国和平统一大业中完成别人无法替代的历史使命。这期间我曾被选为中华全国台湾同胞联谊会第二、三、四届理事会理事，黑龙江省第五次党员代表大会代表，黑龙江省人民代表大会第五、六、七届常委，黑龙江省政治协商会议第七届常委，省政协祖国统一华侨外事委员会副主任等职。1996年4月，68岁，退休。

2005 年，洪瑶楹在黑龙江省台湾同胞联谊会纪念“二二八”58 周年座谈会上发言（时年 77 岁，摄于哈尔滨）。

悠悠 65 个春秋，当年风华正茂的学子，台湾省首批升学内地大学公费生，一路走来，如今已是八旬老者。每当风清月白，倍念故里，隔海瞻望台湾家园，游子寸心，依依眷恋于怀！数十年来，国内外形势更是发生了翻天覆地的变化。昔日的“东亚病夫”中国，在中国共产党领导下已崛起为全球第二大经济体，屹立于世界民族之林。国共两党关系“相逢一笑泯恩仇”，进入了新的历史时期，党的对台基本方针也由武力解放但不放弃和平争取，调整为“和平统一、一国两制”。综观海峡两岸历史的演变，祖国和平统一大业仍然任重道远。我坚信只要能紧紧抓住台湾民心，唤醒台湾人民 1945 年光复时举岛欢庆回归祖国怀抱的血浓于水的热烈民族情怀，祖国和平统一大业必将实现。

“我们的根在大海的那一边”

——蔡海金忆台湾公费生点滴

桑志权

1927年，我出生在台湾苗栗县一个普通的农户家庭。台湾当时正处于日本殖民统治之下，日本占领者为了切断台湾与祖国大陆的联系，使台湾沦为他们的永久殖民地，强行在台湾推行所谓“皇民化”运动，强制普及日语教育，强制将生活习俗日本化，甚至要台湾人将汉族姓名改为日本姓名。但是父亲经常告诉我们：“我们来自福建泉州府同安县，我们是中国人，我们的根在大海的那一边”。

随着中国人民抗战的胜利，1945年10月，台湾光复了。尽管台湾同胞对回到祖国的怀抱欢欣鼓舞，但被日本统治50年的残酷现实使得大部分台湾人对祖国大陆的情况十分不了解，国民党政府的腐败无能也给台湾民众留下了不好的印象。接管台湾以后，为了安抚和“改造”台湾省籍民众，稳定台湾局势，巩固自己的政权，国民党政府的台湾当局于1946年5、6月间登报启事，决定从岛内公派100名台湾省籍青年到大陆内地的高等院校深造。

蔡海金

当时报考的条件要求考生具有高中及以上学历，包括高等院校在校学生。日本在台湾推行的教育制度是中学 5 年，之后须升入高等学校读两年，然后才是大学 3 年。所以尽管当时很多人读完了中学，但当局的报考条件中要求中学必须读完6 年。1944 至 1945 年期间，日本侵略者在战场上节节失利，到处抓人参军。从新竹商业学校中学毕业后，由于家人担心我被日本人抓去当兵做“炮灰”，就让我报考了位于神奈川县的日本兵器学校，也算是服了“兵役”。1945 年 8 月，日本战败投降，学校也解散了。我刚读了一年半左右，尚未毕业，但仍然满足了报考的条件。日本当时一片混乱，我买不到回台的船票，在日本滞留了半年，直到 1946 年元旦才回到台湾。

考试是在台北进行的，考生可按照自己的兴趣和专长填报学校和专业。当时可选的学校有中央大学、北京大学、复旦大学、同济大学、暨南大学、上海医学院、武汉大学、浙江大学和厦门大学共九所，其中厦门大学招生名额最多。专业分文科、法科、理科、工科、医科、农科等，其中文法类专业的名额最多，显示了国民党希望培养台籍政务管理人才的目的。我当时填报的第一志愿是中央大学，第二志愿是浙江大学，第三志愿是厦门大学，选的都是工科。100 人中工科总共就 8 个名额。经过一番努力，我考入了浙江大学的化工系，同时考入浙大的一共 7 名同学，其中包括 100 名学生中仅有的两名女生。

台湾省政府给公费生的待遇是相当不错的，可以说是“优待”。每人每月发公费台币两千块，相当于当时大陆的法币六万块。六万法币是什么概念呢？我记得刚进校的时候，每月的伙食费需一万法币，剩余的用来缴学费和生活费仍绰绰有余，而学校给大陆优等生的助学金只是一万“法币”。当然，所谓“优待”也不是无条件的，公费生学成之后必须回台湾为当局效力，即公费学习多久，就要服从当局分配的工作多久，之后才可自由择业。随着内战的爆发，国民党的统治愈加腐败无能，国统区经济日益凋敝，社会愈发不稳定，物价飞涨，原本较充裕的公费渐渐变得捉襟见肘，当时我和台湾的同学拿到公费后立刻去市场上兑换成“大头”银元，以抵御猛烈的通胀。

抗战期间，东南沿海广大地区被日军占领，众多高校迁往西南内陆，抗战胜利后才逐渐回迁。因此，我们被录取后没有立即赴大陆报到。1946 年 8 月至 10 月间，台湾当局组织我们 100 名学生到当局设立的“台湾训练团”进行训练，一同培训的还有当局招募的政府和公营企业职员，他们也是用来为国民党政府统治台湾服务的。我们接受的培训内容第一是学习大陆的历史地理，了解大陆的情况；第二，也是最重要的，就是学习国语（普通话）。由于我们从小接受的是日语教育，几乎不会说国语，闽南话也只会一点，因此学习国语成了最紧迫的任务。

1946 年 11 月初，我从基隆港乘船在上海登陆，月底到浙江大学报到。校方了解我们的情况，对我们特别照顾，派专人教我们普通话。刚入学时，我的普通话依然不够流利，学习上有困难，因此第一学期我只选择了化学、物理等必修课，其他副科都尽量延后。1947 年以后，“反饥饿、反内战”的学生运动逐渐漫延。虽然我们同样有满腔的热血，但碍于公费生的身份，一开始不敢直接参与其中，后来也就不怕国民党的束缚，勇敢地加入到学生运动中去。

1947年的暑假，我从杭州经上海回到基隆，一路上少有间隔。回到台湾后，在台北北投召开了一个公费生“同学会”，我们都要去参加，向当局汇报在大陆的学习情况。1948年的暑假前夕，我在体育锻炼时不慎摔断了手臂，做了手术，为了不让家人担心，这年的暑假我没有回台湾。1948年以后，局势越来越不稳定，国统区社会一片混乱，我们的生活也愈发艰难，到了啃馒头咸菜度日的地步。随着中国人民解放军的节节胜利，国民党当局在眼看将要分崩离析之际，选择了台湾作为偏安一隅的败退之地。当时台湾来大陆就读的大学生面临着两种选择：一是回台湾，二是留在大陆。若是回台湾，台湾当局的教育部门没有说明我们是否可以继续读书，回去可能意味着失业，家里人也担心回去之后要去当兵。而我一心想要读完大学直到毕业，对于时局的

蔡海金

变化没有太多的顾虑，便决心留在了大陆。

1949 年 5 月，杭州解放了。台湾那边的公费补助也断了，经济来源一时没了着落。我心想，很多没有享受公费的大陆同学不也一直自食其力坚持读书么，我也可以坚持读下去！于是，解放后的这段时间里，我边读书，边打零工度日。跟我们同来的两个女生，家庭条件较好，已经回台湾去了。其余 5 个男生都留在了大陆。

1950 年，为了解放台湾，留下的 5 名同学中陈懿榕、简石春、洪瑶楹参加了解放军，我和另外一名吴同学则继续留在学校念书。

我们这届的同学原本应该是 1950 年 9 月毕业的，但因为之前语言跟不上，我延期了半年。1951 年 2 月，我才从浙江大学毕业，毕业后被分配到南京电子管厂工作。当时工厂刚组建不久，我是第一个被分配到厂里的大学生。工厂的领导对我这个来自海峡对岸的青年十分信任和重视，除了积极创造条件培养我，还在生活上给予我无微不至的关心，使我十分感动。我只有发奋工作，刻苦钻研，干出成绩，来回报组织的厚爱。1956 年，我作为第二机械工业部的先进工作者受到毛主席等中央领导亲切接见，心情万分激动，无法用言语表达。

在那个极“左”的年代，像我这样有着复杂台湾背景和海外关系的人，要想工作有成绩，不仅要比别人付出得更多，还要比别人承受更大的心理负担。我所在的工作单位是一座生产军需品的工厂，因而对工作人员的政治条件有着更高的要求。我主持工艺材料研究部门的工作已有多年，可是厂领导只是口头宣布由我负责，却不敢正式任命。有些特别重要的任务不敢让我参加，还要接受组织的一次次审查。甚至在“文革”中我还受到极不公正的待遇，身心受到严重的摧残。尽管如此，我始终没有放弃对理想信念的追求，对党的事业的追求，党组织并没有抛弃我。1959

蔡海金

年，经上级党组织特批，我光荣地加入了中国共产党，使我在逆境中感受到党的温暖。

党的十一届三中全会的召开，使我们获得了新生。1980 年 11 月 29 日，台盟南京支部筹备小组成立，我是筹备组成员之一。1981 年 11 月 11 日，在中央和省、市委的关心领导下，江苏省台联和南京市台联成立，并由我担任首届省、市台联会长。改革开放之初，在祖国大陆与台湾联系渠道很少的情况下，组织上让我充分利用人脉优势，积极地联络居住在日本和美国的台胞，再通过这些海外的朋友来联络岛内的台胞，建立与岛内的联系渠道，用乡情、乡音拉近和台胞的距离，用热情和真诚赢得台胞的信任。1992 年，我转任台盟南京市委主委，并先后担任了全国政协委员、台盟中央委员、全国台联理事、省人大常委、省政协常委、市政协副主席等职。1992 年 5 月，受全国台联委托，我率团赴日本参加东京崇正公会第 26 次会员大会。1997 年 1 月，我受南京市人民政府的委托，率南京城墙保护修复合作代表团出访日本。期间，积极联络、广交朋友，较好地完成了任务，受到了市领导的好评。

作为一个年逾八旬的老台胞，在两岸关系发生重大积极变化的新形势下，我更要发挥自己在岛内亲情、乡情的优势，进一步密切与岛内同胞的联系，为进一步促进两岸关系的发展做出应有的贡献。要把对台湾的亲情、乡情传递给下一代，进一步加强他们同岛内亲属的联系，让我们的第二代、第三代台胞把老一辈台胞的光荣传统继承下去，发扬光大。为开创两岸关系的新局面和促进祖国和平统一大业，不断做出新的贡献。我深信在中国共产党的领导和海峡两岸同胞的共同努力下，中华民族的伟大复兴，祖国的和平统一，一定会实现。

（桑志权根据蔡海金口述整理）

武汉大学

WUHAN UNIVERSITY

回忆庄德润

陈蕙娟

时间过得真快，庄德润离开我们快二十年了，但我仍然经常梦见他。

1990 年 8 月庄德润全家福。

我认识他是在日本东京。日本投降后，我父亲陈文彬被旅日华侨推荐筹备日本华侨总会，以便以此名义同日本政府交涉免费遣送被强迫来日本做劳工的台湾青年回家乡。庄德润当时在夜校学中文，上了我父亲的中文课。有一次被我父亲的侄子吕衍派带到家里来，我父亲看他办事认真、仔细，便让他当秘书协助在日本华侨总会工作。1946 年 2 月，我们一家人乘第二批遣送台湾劳工青年回台湾的船“高砂丸”回家乡，庄德润也一起回到台湾。后来他考上台湾大学，住在我们在台北的家。不久他考上了公费生，赴武汉入武汉大学法律系学习。“二二八”事件后，他回过一次台湾。当时，他把在武汉大学惨案中牺牲的台湾同学陈如丰的骨灰盒抱回家乡，交给遗族。临走时他写了一个条子，叫我等着他回台湾，这是他第一次对我有所表示。

1990 年庄德润夫人陈蕙娟60 岁生日照。

1949 年 5 月，由于台湾局势紧张，白色恐怖越来越严重，我父亲决定经香港去北京。我父亲就跟庄德润联系，从香港一起乘船经天津到北京。当时中国人民解放军准备解放台湾，经廖承志同志的介绍，庄德润就被派到上海去参加台湾干部训练团。后来为了抗美援朝，暂停解放台湾，他被调到广州去工作。1954 年我从北京到广州去跟他结了婚。1958年他被调到天津工作，我也就回北京开始在中国国际旅行社总社工作，同父母和儿子一起住在我父亲单位的宿舍。

文化大革命后，我和父母到各自的五七干校劳动。1971年回到北京后，一起住在庄德润单位的宿舍。庄德润从天津调回北京后，一直为中日友好和贸易往来奔走。退休以后在台湾民主自治同盟中央任联络部长，为增进两岸同胞的了解和互信不断努力。1992年5月他作为秘书长，和台盟代表团一行到日本去访问。回到北京的第三天，因太劳累，突发心肌梗死，于5月19日逝世。

他的去世是突然的，连他自己也没有想到，所以没有留下遗言。他平时对自己的身体很自信，根本不知道自己患有心脏病。病情发作时他还认为是胃病，在抽屉里放着胃药。他不到七十岁就去世了，真可惜。我们活着的人继承他未完成的事业，为统一祖国更加努力吧。

（作者陈蕙娟系庄德润夫人，原中国国际旅行社总社日本处处长）

热血溅自由　英雄真本色

——1947年武汉大学“六一”惨案殉难台籍烈士陈如丰

王　珩

1947年，在中国共产党领导下，反饥饿、反内战、反迫害的学生运动遍及国民党统治区，以武汉大学为中心的学潮成为这次运动的重要组成部分。6月1日凌晨3时，国民党武汉当局调集全副美式装备的军、警、宪、特1000余人突然闯入武汉大学教职员和学生宿舍，开枪打死手无寸铁的王志德、黄鸣岗、陈如丰3位同学，打伤20多人，逮捕一批进步师生，史称“六一”惨案。

殉难三烈士中的陈如丰是台湾省台南县新营人，于1944年春在台南第二中学毕业后，赴日本就读于冈山医学院，1945年抗战胜利后，返回台湾进入台湾大学改习政治学科，1946年秋由台湾省行政长官公署教育处公费保送，于同年12月进入武汉大学政治学系学习，是台湾省光复后最早来武汉读大学的台湾学生。惨案发生时，陈如丰刚取完水从锅炉房走出，军警开枪时立即退回原处，枪声稍止，他在乘机跑回宿舍的途中中弹，子弹从左颅骨射入而亡，年仅22岁。陈如丰学习刻苦、擅长音乐、喜爱运

武汉大学关于陈如丰烈士的宣传栏。

动，殉难时家中父母健在，有一个哥哥、两个弟弟和一个妹妹，生活十分清苦。

惨案发生后，武大学生自治会、教授会和讲助会都分别发表宣言，抗议反动当局的暴行，华中大学、湖北省立农学院、湖北省立医学院等校学生，不顾军警威胁，一队队佩带白花、抬着花圈来到武大吊唁和慰问。华北学联为声援武大决定罢课3天，清华、北大两校反饥饿反内战委员会组织罢课，并设祭坛遥祭武大殉难三烈士，中央大学、金陵大学等校也举行了追悼会，上海交通大学、同济大学、暨南大学、上海医学院、社教学院、北平交通大学、唐山交通大学、武大上海校友会、武大自贡校友会纷纷来电慰问和声援。武大台湾籍同学控诉说：“台省沦陷了50年，台胞受尽人间苦痛。陈君不死于日人刀枪下，想不到投到祖国怀抱里来受高等教育，反死于凶残的国人之手，这太令人痛心了！”台湾同学会在敬悼的挽联中写道：“涉重洋而来祖国，堪嗟大雅斯文，不死于寇盗，不死于仇雠，却丧于有司之手；将热血以溅自由，是真英雄本色，可萃乎泰山，可巍乎天地，更昭乎日月之光。”

1947 年 6 月 22 日，武汉大学举行追悼“六一”惨案死难烈士大会。次日，武大数百名学生列队执拂为三烈士送葬，并在武昌、汉口市区抬棺游行。同年 11 月，武大进步师生在校内体育馆旁修建“六一”惨案纪念亭。纪念亭坐北朝南，边高 6.5 米，亭为六角，柱为六根，寓意六月的意思。亭中立有一块石碑，碑文记载着三位烈士的生平和死难经过，它如同一曲用生命和鲜血谱写的战歌，将武汉大学学生运动载入中国学生运动的史册。

三位烈士的棺木，除黄鸣岗当年由亲属领回原籍枝江安葬外（武大留有他的衣冠棺），其他（包括衣冠棺）都安葬在校侧张家山之北（现武汉测绘科技大学后门附近）。1955 年因基本建设用地需要，武汉大学将陈如丰、王志德两位烈士的遗骨和黄鸣岗烈士的衣冠火化，骨灰存放于洪山宝通寺。1956 年 6 月 1 日，学校各单位派代表到洪山宝通寺祭扫，并由校党委副书记张希光和教工会主席吴纪先敬献花圈。此后，便将骨灰移葬石门峰公墓。

1992 年 6 月 1 日，陈如丰的二弟陈英武、胞妹陈惠梅、侄儿陈泰治（也是陈如丰的继子）、侄媳蓝美娥一行四人在陈如丰遇难 45 周年时，第一次从台湾来到武汉大学，凭吊“六一”纪念亭。他们还到石门峰公墓祭奠陈如丰和与其同时遇难的两位同学。1995 年，陈如丰的亲属捐资 16 万元设立陈如丰奖学金，用于奖励武汉大学法学院、政治与公共管理学院的学生，每年按基金利息核定获奖人数，每人 1000 元。此后，几乎每年或是隔几年，陈如丰的亲属就要从台湾来武汉扫墓。随着年龄的增长，在此期间，陈如丰的大哥陈如意病逝，大弟陈如赢身患重疾。2005 年，陈英武向武汉大学提出，将陈如丰骨灰迁回台湾安葬，以落叶归根，方便祭奠，寄托哀思，得到了学校的同意。正当准备办理有关手续时，陈英武于 2007 年 3 月不幸病逝。陈如丰的侄儿陈泰治年过六旬，仍秉承上辈遗愿，继续迁墓工作。在武汉大学校友总会和有关部门的大力支持帮助下，终于在 2007 年圆满完

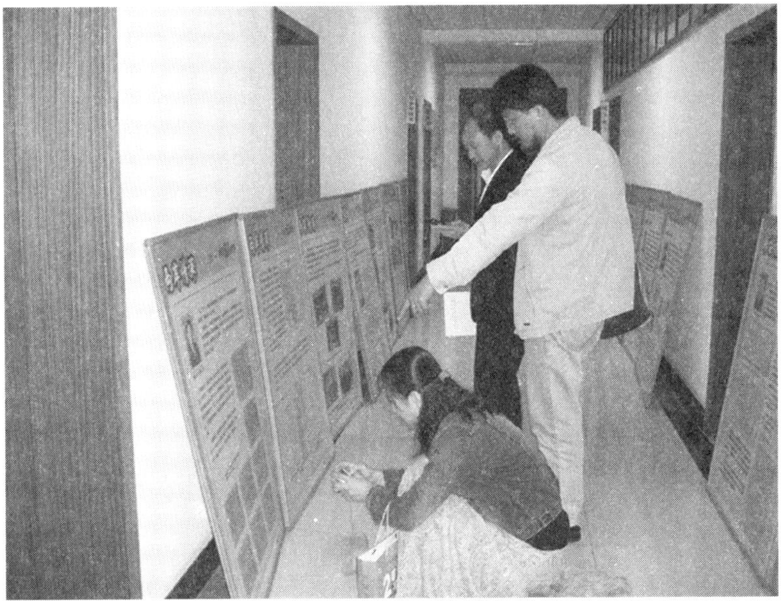

台湾作家蓝博洲赴武汉大学收集陈如丰资料（中立者为蓝博洲，女士是其夫人，另一位是武汉大学统战部主任谭庆轩）。

台湾作家蓝博洲赴武汉大学收集陈如丰资料。

成了迁墓工作，将陈如丰烈士的骨灰迁回台湾，并在石门峰公墓原墓穴中，放进了一个屋形白色大理石骨灰盒，里面放有在墓地附近挖取的黄土、陈泰治从台湾带来的一包家乡土和陈如丰当年写的部分家书复印件，骨灰盒正面写着："六一殉难烈士　陈如丰衣冠冢　武汉大学2007年9月19日"，以供凭吊。

2007年9月20日下午，陈如丰烈士骨灰坛顺利抵达台湾，并安放在台北县五股乡纳骨堂内。离别故乡60年后，烈士终于魂归故里。

（王珩：湖北省台湾同胞联谊会干部）

暨南大学

JINAN UNIVERSITY

国家强　人民幸福

——台湾光复后回大陆升学 65 周年引起的回忆

白　明（罗美行）

2011 年是台湾光复后首批公费生升学内地大学 65 周年纪念，当年的往事仍然清晰地留在脑海里。

1945 年 8 月日本天皇宣布战败时，我正在日本第二高等学校读书，学校位于日本东北部的仙台。从 1944 年开始就从广播中和报纸上得知美国战机开始轰炸日本本土的消息，不久仙台也遭到了猛烈的空袭，我所就读的学校被夷为平地，学校搬到了陆军学校上课。接下来的情况愈来愈糟，凄厉的防空警报不时响起，美国战机的轰鸣声、炸弹的爆炸声此起彼伏，昼夜不断。学校停课，学生都到工厂去劳动。悲观、绝望、暴怒的情绪笼罩着我周边的日本人。我除了对空袭感到恐惧外，和他们的感受截然不同。

我出生在台湾新竹县，祖籍是广东陆丰县。清朝乾隆年间，祖上为了躲避连年不断的灾荒举家冒死东渡台湾谋生。1923 年我出生时，台湾已被日本统治 20 多年，年幼时在家里讲客家话。由于客家人有喜好读书的传统，我们兄弟几个从小就被送到学校

白明的祖父和四个儿子（左一是白明的父亲，摄于1923年）。

读书。日本统治者规定从小学一年级开始必须学日语，三年级以后全部讲日语，违者要受到严厉的惩罚，日本学生称呼台湾学生为“清国奴”。因为年幼还搞不懂为什么日本人会在我们的家乡耀武扬威，我们为什么不能讲自己的语言。14岁那年我考进了台北工业学校，老师都是日本人，学生九成以上是日本人，为数很少的台湾学生经常受欺负。随着年龄增长，我渐渐地懂得了一些道理，感受到了亡国的痛苦。心中的民族意识日渐增强，心底萌发出一个念头：做事一定要比日本人强。

我从小就非常喜欢马，我参加了一个马术俱乐部，俱乐部中只有我一个台湾人。我训练时非常投入，经过三年的刻苦努力，在台北市举行的马术比赛中获得了障碍跳高第一名。在异族统治下的台湾人，命运掌握在别人手中，就像茫茫大海中的一叶扁舟，看不到希望。1942年太平洋战争爆发，日本人在台湾实施

“陆军特别志愿兵制度”。学校要求台湾学生都填写“志愿书”，因为我不想为日本人去当炮灰，所以没有在规定的时间内上交。日本教导主任把我叫到办公室，不由分说就是几记耳光，然后把我交给柔道五段的体育老师，给他做练习的靶子。当时愤懑、恐惧的心情，七十几年后的今天还记忆犹新。面对日本人的暴虐，我无力反抗。但我有一个坚定的信念：绝不能穿上军装去给日本人当炮灰。于是，我不辞而别逃离了台北工业学校，又不敢回家，便乘船到日本仙台投奔在仙台高等工业学校念书的大哥。到了仙台后，我没有其他出路，只能想办法继续读书。没有学籍证明不能办理转学，我以同等学力参加考试，进入了仙台乡村一所寺庙开办的中学，插班到中学四年级（当时日本的学制是6年小学、5年中学、3年高等学校、3年大学）。这是一所极其普通的乡村中学，我的目的就是拿到高中毕业证报考大学。吃住极其简陋尚可以忍受，最让我受不了的是在陌生的环境里，我是一个来自台湾的二等公民，没有一个朋友、没有一个熟人、甚至没有人和我说一句话。我并不是一个天资聪明的人，但是心中强烈的民族意识却支撑着我，在日本人轻蔑的目光中利用每一分钟学习。功夫不负苦心人，两年后我考上了东北帝国大学预科——日本第二高等学校（按日本当时的教育制度进大学前必须在高等学校学3年预科），成为这所乡村学校第一个考上大学的人。升入日本第二高等学校，已是1944年，全校各年级只有不到10名台湾人，彼此不敢公开来往，因为周围全是趾高气扬、充满极端民族主义激情的日本“精英”。学校的军国主义教育甚嚣尘上，我在这种环境中感到恐惧和迷惘，我和一名台湾学生不敢住在学校的宿舍，搬到乡下的寺庙里居住。

1945年日本战败，台湾回归中国，我的身份从日本二等公民变为中国人，我开始联络大哥和在新泻医学院念书的弟弟商量尽快回台湾。因为船少，所以要等船务公司的安排，我们被排到

1946年3月。我和“二高”高我一年级的台湾同学杨威理相约一起去旅行。杨威理这个人很聪明、英语很好。当时日本随处可见美国占领军，穿着夹克衫，开着吉普车，我们用英语和他们打招呼说：我们是中国学生，想搭顺风车，美国大兵很慷慨地让我们搭车。我们用这种旅行方式周游了日本列岛（北海道除外）。东京、大阪等大城市被炸得千疮百孔、满目疮痍，被原子弹毁灭的长崎更是罕见人迹，给我留下了深刻的印象。战争给人民带来的灾难实在是太恐怖了。（1979年，我参加中日友好之船代表团乘船重访日本列岛，三十几年的时间，一个现代化的国家在废墟中建立起来。）

终于等到了船务公司的消息。1946年3月，我和新婚的大哥夫妇及在医学院念书的弟弟，踏上了回家的航程。船是由一艘日军炮艇改装的，速度很快但也很颠簸，旅途中非常不舒服。但是归心似箭的我们全然感觉不到，只是觉得船跑得太慢了。我离开台湾整整四年，光复后的台湾是什么样呢？台湾人已不是日本人统治之下的二等公民，我们都非常思念家乡和亲人！

回到台湾后，我们并没有感觉到光复后的喜悦。国民党接收大员的一些做法引起了台湾人民的不满。新、旧政权交接的过渡期还没有过去，日本人撤走后，有能力、有经验的管理人才相当匮乏，我个人感觉台湾的社会秩序还不如日据时期。作为一名有文化的青年，我有责任为建设家乡出一份力，为了能更好地出这份力，我进入台大继续学业。1946年秋季，当时的台湾省行政长官公署，在青年学生中招募赴大陆公费生，成立“台湾升学班”，我报名并被录取。我在日本“二高”时的校友杨威理也被录取。“升学班”给我们培训三民主义、经济、国语等课程。那一年在台湾记得比较清楚的事情是蒋介石偕夫人宋美龄来台巡视并参加台湾光复一周年纪念大会。10月25日一大早，我们就穿戴整齐坐在台大体育场等待。蒋介石一身戎装在台上做了演讲。因为我从小学一年级就开始说日语，家里人相互之间说客家话，所以我的国语非常差，蒋委员长讲一口宁波话，我更是一句都没听懂。

1946 年底“台湾省赴大陆公费生”一行九十几人，乘船奔赴祖国大陆各知名大学。我被分到上海暨南大学学习法律。徐萌山和我分在一起，将近一米八零的身高，在当时的台湾人中很少见，他为人豪爽，我在训练团时就和他很谈得来。

来到上海本以为可以安心读书，学业有成后回去报效台湾家乡父老，不曾想这里远非净土。刚到上海不久就传来了美国大兵在北平强奸北大女学生的消息。我和大家一样按捺不住心中的怒火，走上街头抗议国民党政府的腐败无能。随着内战全面爆发，物价飞涨、民不聊生，而国民党高层贪污腐化层出不穷更加刺激了人们的神经。校园内热血青年怎能对此熟视无睹？当时学生中有不少中共地下党员，在他们潜移默化的影响下，我们这些台湾学生慢慢地懂得了革命道理，有一些人暗中参加了共产党。

1947 年初夏，局势更加动荡，反饥饿、反内战、反迫害的群众抗议游行不断爆发。记得有一次游行是我们暨南大学打先锋，我与几名台湾同学杜长庚、张璧坤、刘碧堂担当纠察，走在队伍的最前列。当大家高呼口号走到苏州河前，看到桥头十几匹马一字排开挡住了去路。我身旁的张璧坤对我说：“罗美行你不是说你懂马术吗？看你有没有办法把马队引开”。其实在张璧坤问话之前，我已经观察马队好一阵了。这些都是比较老的东洋战马，可以看出骑在上面的警察不是训练有素骑手。于是我溜到穿警官服的领队马头下，突然抓住马嘴左边的铁环，因为这个警官右手持刀，隔着马头他骑术不精不会砍到我，马匹只能在我的牵引下跟我走，骑在上面的警官无论怎么拽缰绳也无济于事。我慢慢地将马牵到人行道边，其余的马匹看见头马动了，也跟着移动。游行的队伍看见道路中央的缺口就高呼着冲了过去。

1948 年暑假前，学校早就不能上课了。我感觉上海当时的环境根本不适合学习，想着能不能换一个地方，到北京去？抱着这样的想法，暑假我和大多数同学一样乘船回到了台湾。随后我跑到台湾省政府教育处找到负责“赴大陆公费生”的主管，向他提出想换到北京大学去学习的想法，记得他支支吾吾没有给我明确答复。过了几天我又去找到他，他还是没有答复我。后来回想起来，这个我连姓名都不知道的人却是我的救命恩人。不久，我第三次跑到教育处，这位主管低声地对我说：你不要再来了，你已经上了“黑名单”。听到这个消息我非常害怕，马上找到徐萌山，把这件事情告诉他。他说：我们立刻离开台湾，上海也不是久留之地，到解放区去。我匆忙与父母告别说，学校有事要我马上回去。不曾想这匆忙一别竟是永远的诀别，40 年后两岸开放探亲，再回到家乡时，已与父母阴阳两隔。为人子不曾一日在父母膝前尽孝是何等的悲哀！

在基隆，我和徐萌山两个人不敢到客运码头买票，爬上一艘运香蕉的货船，藏在货仓内靠着那些半生不熟的香蕉，经过三天的煎熬到了上海。不敢回学校而跑到了台湾旅沪同乡会。在同乡会的帮助下顺利抵达解放区江苏盐城。到了解放区，徐萌山进了党校，我进了华东大学，这时我才知道徐萌山是中共地下党员。很多年后听说张璧坤在台湾被国民党枪毙、刘碧堂也死在狱中。在华东大学学习不到一年，我便跟随解放军回到刚解放的上海，1949 年转入中央团校学习。那一年最难忘的是开国大典。那一天，我们中央团校的队伍整齐排列在天安门广场国旗下方，亲耳听到毛主席向全世界宣告中华人民共和国成立。

如今我已年近九旬，一生的坎坷经历让我深深地感到个人命运是和国家、民族的命运联系在一起的，国家强盛人民幸福。两岸统一、祖国强盛是我最大的心愿。

一个台湾公费生的人生旅途

杜长庚

1924年11月，我出生于台湾省台北市。曾祖父杜秋菊，清道光年间由厦门马銮来台湾，因从事两岸贸易而致富，我家可谓望族，在淡水河畔大桥头杜厝街居住。年老后，歇业购地分家。祖父杜汉云是地主，在蓬莱国小对面建了四层白砖大楼，全家迁入。父亲杜晶莹早年在东京庆应大学学法律，回台后在陈逸松律师事务所任职。母亲张彩云，台北蓬莱公学校教师。

1931年，我进入台北日新公学校，1937年考入台北二中（现改为成功中学）。这所中学以招收台湾学生为主，富有反日传统。历届同学中，不乏因反日而被捕入狱者，同班同学雷璨南还被日寇枪杀。1943年4月，我考入台北高等商业学校东亚经济专修科。当时全台北，只有这所学校在教普通话，所以我报考了。随着时局发展，历来敢怒不敢言的台湾乡亲，也敢于讲“祖国”二字了。日本宪警开始了血腥的镇压。为了摆脱这种环境继续升学，1944年4月，我考入了东京中央大学专门部法学科。日本和台湾相比，自由多了。书店里可以看到孙中山的三民主义、中国近代史、甚至马克思的《资本论》以及介绍毛泽东、朱德的刊

杜长庚

物。买来这些书，许多留日台湾同学便如饥似渴地阅读，自然而然形成了读书会，传阅书籍，一起谈论体会。其中就有台北二中的同学蔡文奎、陈祥白和现在东京的台湾公费生陈敏臣等人。这时日本时局更加恶化，美国空军 B－29 的烧夷弹，使东京燃烧起来了。看来日本败局已经是无疑了。

1945 年 8 月 15 日，在东京涩谷车站，我听到了日本天皇投降的诏书广播，台湾回到了祖国的怀抱。战争期间，日本因劳动力奇缺，招募了大批台胞在东京远郊追滨海军航空厂做工。战争结束了，当局也不管了，他们的生活陷入了困境。《读卖新闻》还诬蔑这些工人偷农民地里的山芋吃，工人怎么能容忍继续受欺侮？东京街头爆发了首次台胞游行示威，我们留学生也参加声援。此时，我结识了陈文彬、杨春松和庄德润。陈早年离台来上海复旦大学学习，思想进步，与郭沫若等有交往，为回避上海日寇的纠缠，跑去东京立教大学任教。杨系原台湾文化协会的人，思想进步，解放后曾看到他在北京中南海国务院廖承志办公室工作，可谓台胞中的精英。在日本，我们经常聚集在一起畅谈祖国及台湾的光辉未来。东京当时有几万台胞，迫切需要有自己的组织。在陈文彬、杨春松的领导下，我们着手筹备东京台湾同乡会，成立后推举陈文彬为会长，杨春松为副会长。为满足台胞的需要，首先开办了国语讲习班，陈文彬还亲自讲课，同时对生活困难的台胞开展救济。

1946年1月，盼望已久的第一艘从日本遣送台胞回台的“冰川丸”终于开航了。因为战争，这艘船断航了一段时间，当时许多台胞挤在基隆码头迎接亲人的归来，同时我也首次看到维持秩序的国民党士兵在用枪托打他们。如此国军，使我的心凉了半截。这时父亲已经去世，为了生活，我到士林台北中学（现改为泰北中学）任教。物价天天涨，入不敷出，当铺每月非去不可。买米每次买一斤，是用纸袋装的。弟弟杜福寿失业了，没有收入，只能来一起住，生活更困难了。在台北中学，我认识了数学教师、教务主任李伟器。他是台湾光复后从大陆来台湾的，他思想进步，我们常在一起谈形势、讲将来，这使我获益匪浅。日本人不好，国民党人不行，希望自然而然地转移到中国共产党人身上。那时只知道共产党在延安，延安成了心目中的圣地。台北二中的同班同学李苍降被捕了，不久被枪决。他是芦洲乡关渡人，家有柑园，我也去过他家畅谈国事。那时东京的陈文彬也回到了台北，在台湾大学任教，我多次去探望他。这时，报刊登出，台湾省行政长官公署教育处招考100名公费生去大陆上大学。我想：一可以升学，二可以解决生活费用，三去延安更近了。我应考，被录取了。这批学生绝大多数不会讲国语，对大陆情况又不了解，当局在台湾省训练团内开设了“升学内地大学公费生班”。集训了三个月，学习国语、地理、历史和三民主义等课程。在这里我认识了江浓同志，后来才知道，他还是当时“升学班”中唯一的共产党员，是原旧台共、后参加中共的林良材介绍入党的。我们常在一起讲形势、谈思想，交换阅读《民主》、《群众》等刊物，从中加深对祖国的了解和增强对光辉未来的信心。

三个月训练团生活结束，1946 年 11 月，我被保送到上海暨南大学外文系学习。临走时去探望陈文彬教授，他写了几封介绍信让我去看望他在上海的朋友，其中就有郭沫若。当时的上海，穷的穷，富的富，普通百姓的生活惨不忍睹。冬天从宿舍到学校，仅 15 分钟的路程，却每天都能看到饿死、冻死在马路上的尸体，有一次竟然看到一条狗在垃圾箱内啃死婴的脚！美军以胜利者的姿态出现在上海，和在东京一样无恶不作。所以，当年 12 月北京大学女生沈崇案一经报道，学生立刻掀起了轰轰烈烈的反对美帝暴行的罢课游行。1947 年 5 月 20 日，反饥饿反内战的学生运动蓬勃开展起来。游行中，我任纠察走在队伍的前面。到河南路南京路口，国民党骑警挡着不让通行，但阻挡终于被排除了。当时有人拍照，这幅照片后来刊登在中共上海市委出版的《上海人民革命史画册》上。在学生运动中，暨大学生自治会邀请郭沫若、民主同盟罗隆基等人来校演讲。郭沫若讲的人类史、社会发展史给我的印象很深。会后，我跑上去告诉他：陈文彬要我去看他。他就约我第二天到他溧阳路的家见面。那时我的普通话还不利索，他就用日语讲，亲切的接待使我至今记忆犹新。在学生运动中我还认识了地下党员林绿竹，经他介绍认识了当时在大公报工作、解放后曾任台湾民主自治同盟副主席的李纯青。他让我们这些学生在他家听解放区邯郸广播，将《群众》、《民主》等刊物借给我们看，还常留我们吃饭。郑晶莹，幼年离开台湾来福建，当时也在暨大学习。虽然她比我小一岁，但像姐姐一样帮助我们这批公费生。上海暨南大学 14 名台湾公费生都积极参加了学生运动。特别要介绍的有：张璧坤、刘碧堂和丁保安。他们 1948 年回台湾，先后被捕入狱。张被枪决，刘病死于狱中，丁则受酷刑，狱卒用竹签箝指甲、坐老虎凳等办法折磨他，幸好其父亲花钱将他买出逃到东京。1999 年我去东京看望他时，虽已经历

杜长庚

半个世纪岁月，他还在大骂国民党的残暴。在“反饥饿反内战”的学生运动中，我任暨大主席团成员，引起校内特务的注意。幸运的是，大搜捕的前一天在上海台湾同乡会工作的地下党员林云来我宿舍，帮我捆好行李准备去烟台再转入解放区，由于当时我没有睡在自己的床铺，从而避免了凌晨的被捕。所以后来见到林云时，我总是称呼他为“救命大恩人”。至于去烟台一事，也因交通问题未能成行。

在校外，当时台湾旅沪同乡会的会长是李伟光同志，他是老共产党员，长期在厦门、上海等地行医，掩护党的工作。同乡会职员林昆是新四军派来的共产党员。蔡子民当时也在同乡会工作。谢雪堂、李乔松是李伟光的得力助手。我们上海公费生常去同乡会或李家和谢家座谈学习。台湾“二二八”事件发生时，陈文彬已调任台北建国中学校长，许多同学被捕了，他躲藏起来。国民党扬言他如不出来，不放学生，于是他为了学生的自由不顾自己的安危挺身而出。在“事件”中他保护了许多外省籍官员，因有名望，没有被捕。但他随后就带着全家经香港到北京定居，新中国成立后担任国务院文字改革委员会研究员，多次当选全国政协委员。当时“台独”分子廖文毅、廖文奎兄弟来上海，在同乡会召集公费生座谈。他们的“台独”理论遭到大家强烈的反驳，会开到下午一点多，不欢而散。我的中午饭还是在李伟光家里吃的，由他妻子热情招待。

在校内，刘佛年教授的哲学课吸引着我，每有他的课，我一定去听。他讲的“自由和必然”，现在仍记忆犹新。新中国成立后，他调上海华东师大任教，后任校长。1956 年我去探望他时，他高兴地告诉我他已经加入中国共产党，而且是高级知识分子中首批加入的。其实，我们俩早已经是同志了，他讲的马克思主义哲学已经影响了我。

暑假未到，但校方怕学生闹事，提前放假。当时，因为台湾同胞对祖国光明面了解较少，李伟光要求我们公费生回台湾做些宣传工作。我回台后，和江浓同志研究，决定利用省新文化运动委员会为后盾争取宣传工作合法化。表面上说是为了大陆和台湾的文化交流，实际上是介绍祖国光明前途和进步的一面，具体来说是介绍学生运动。至于经费，《新生报》等单位捐助了些，算有了。省新文化运动委员会还开出了介绍信要求各地协助。这样就组成了“台湾省升学内地大学公费生巡回演讲团”，成员有江浓、刘守文、刘碧堂、胡连城、陈泽炙、许梦雄、郑鸿池、孙荣华和李天赠等。我任团长，实际由江浓指挥。在桃园、新竹、台中、彰化、嘉义、斗六、台南和新港等地开展了演讲会，介绍祖国光明前景，歌唱《团结就是力量》、《黄河大合唱》、《茶馆小调》等革命歌曲。台北没有讲，因为容易出事，回避了。

演讲团结束，9 月初我回到台北，收到上海校方来信，说我已经被开除学籍。这时林绿竹也在台北，我去看他，他说也被开除了。他建议我回上海找暨大中共地下党的同志。回到上海后，我领不到公费，生活陷入困境，这位同志听后，马上给了我生活费。学校不能住，就住在同乡会。这时遇到暨大同学陈宣崇和吴文达。他们问我浙南有一个解放区愿不愿去，我一口答应了。10月6日，陈宣崇、吴文达和我在外滩见了面，由中共浙南特委秘密交通员江钊带领，乘船去温州。下了船，发现国民党军警守在码头一一检查行李，而我们却分别携带了许多党的刊物《群众》、《民主》等等，怎么办？退，会被注意，并且已不可能了。我就选择人多的地方，和别人一样，把行李摊在地上，一会又包起来，拎着就走了，终于避开了检查。我先在一位资本家家里住了十几天，后乘小船、走了几天山路到达中共浙南特委机关。书记是龙跃，江西人，参加过五次反围剿，随红军挺进师到浙南，后来粟裕带主力去皖南新四军，他留下来坚持浙南根据地的工作。他的亲切接待让我感受到了党的温暖。我被分配到特委青年组学习。一个月后，被分配到浙闽边区部队任参谋，负责部队思想工作和军事训练。当时做梦也不会想到，在台北二中，日本军官的军训课竟能派上用场。1947 年 12 月，我经边区部队首长王烈平（后任中共福建省委纪委副书记）和中共鼎平县委书记郑衍宗（后任上海市杨浦区副区长）介绍，在泰顺中心县委机关党支部（那时驻泰顺古洞坑、书记是任曼君）入了党。我参加了 1948 年 4 月的四溪战斗、1948 年 8 月的桥墩门战斗、1948 年 11 月的浦门战斗和 1949 年 1 月的泰顺战役，在毛泽东军事思想指导下，这些战役全部获胜，我没有受过伤。战斗生活是艰苦的，有时要背着步枪和子弹，从天黑就爬山越岭直至天明，风雨无阻。我是近视眼，平时戴眼镜，有时坏了没处修，山间小路看不清，不知跌倒过多少次。通过游击战争的实践，我了解了边区人民的艰难疾苦，党领导的正确，人民军队的本质和鱼水般的军民关系，真是一生难忘！

在浙南，我有幸认识了许多优秀共产党员。他们的共同特点是：有崇高的理想、高尚的思想品德、以祖国和人民的富强幸福为己之所想、谦虚谨慎、艰苦奋斗、服从党的安排、不谋私利，所以，他们都能获得百姓的爱戴。

1949年6月，浙南全境解放，我被调到泰顺县人民政府任军事科长。1949年10月1日，中华人民共和国成立。1950年4月，中央组织部调我到九兵团台湾干部训练团（驻上海莘庄）学习，开始了我新的战斗生活。我来大陆经历了许多风风雨雨，但生活得却很有意义。

我的贡献是微小的，但得到党和国家的充分肯定。1988年7月14日，中华人民共和国中央军事委员会发布命令授予我“胜利”功勋荣誉章。

中国共产党90年前成立，当时只有几十个党员，国家贫穷落后，人民苦不聊生。而今党员增至8000多万，国家繁荣昌盛，人民幸福安康，这是马克思主义在中国的胜利。中国共产党人坚信马克思主义的基本原理是颠扑不破的科学真理，有了它会有好的人生观和正确的认识论。过去如此，今后更是如此。毛主席在延安写的两篇哲学著作《实践论》、《矛盾论》至今仍令人百读不厌。但是马克思主义又是随着实践而不断发展的。马克思主义理论源泉是实践，发展依据是实践，检验标准也是实践。毛主席去世后“两个凡是”的思潮泛滥时，正是毛主席“实践是检验真理的唯一标准”的论述在全国人民中展开讨论之时，这为改革开放做了强有力的思想准备。过去靠的是马克思主义，今后要靠的更是马克思主义。

喜闻党中央在上海、井冈山、延安建立3所干部学校，由党的总书记亲自抓。在这里学习马克思主义，培养、考察选拔干部，使我们党后继有人。这可谓抓到了根本，令人钦佩。在当前复杂多变的世界形势中，我们的党不断出台各项政策和措施，有力地推动形势发展，这对我们来说是最好的学习和享受。

我有 3 个子女。长子上海大学英语干部科毕业，在上海远洋公司任船上英语翻译事务长多年；次子东京武藏工业大学硕士，是计算机软件设计专家；女儿北京师范大学哲学系干部专修科毕业，现在上海台湾同胞联谊会工作。

妻子钱秋瑛，上海人，1950 年参加解放军，1954 年转业到地方基层从事人事教育工作多年，1956 年入党，已经 80 岁了，今年是我们结婚 59 周年。

我已进入米寿之年，而共产主义的伟大理想还需要几代人才能逐渐完成，看到年轻的共产党人在茁壮成长，后继有人，多开心啊！

陈毅有诗言：当年老战士，今有几人存，新生千百万，浩荡慰忠魂。

这是我的座右铭。

充实的一生

杨玉辉

1945年8月15日，日本宣布无条件投降时，我正在台南县大内乡。大内乡内庄和石仔濑是我的祖先杨剑于二三百年前从“唐山”漳州府龙溪县烘头社移民到台湾后开发的。杨剑有两个孩子，杨内和杨石，内庄和石仔濑两个地名是以他们的名字命名的。杨石子孙在石仔濑繁衍生息代代相传，传到我父亲才搬到府城台南市。杨家祖先在明朝时当过官，祖先的画像现由我哥哥家收藏，杨家女孩出嫁时都要向画像跪拜。

由于古都台南在1944年底至1945年的轰炸中被炸毁房屋近三分之一，更由于邻居亦挨炸，我家不得不连夜从台南市疏散到大内乡石仔濑。日本投降的消息炸开了大内乡。“出头天了，再不做亡国奴了!”人们争相转告。不久，从台南传来消息：母校台南二中（现为台南一中）学生连日来轮流殴打有民愤的日本教师。有的教员索性主动找到学生，请求学生早一点打，免得天天提心吊胆，吃不下，睡不着。日本统治时期，中学老师绝大多数是日本人，有的教员确实很坏，在课堂上公开污蔑中国、中国人、台湾人，甚至打骂学生。我至今还记得1942年秋天某日下

杨玉辉 1946 年摄于台大医学院先修班。

午在台南二中发生的一件事。下午最后一节课临近下课时，正在给我们上课的日本老师忽然谈起一种糖，说这种糖本来是红色的，含在嘴里就变成绿色，再变成黄色……说到这里，他话锋一转："这就是支那人，支那人就是变来变去、毫无诚信的变色龙！"刹那间，他的话被全班同学的嘘声所淹没。他气急败坏，铁青着脸，声嘶力竭地喊叫："是谁！有种的站起来！"没有人说话，没有人站起来，全班鸦雀无声。老师一筹莫展，留下一句"没有人承认不下课"，悻悻地走了。一小时，两小时，天暗了，到晚上九时许还是没有人承认，老师只好让同学们回家。

其实，在台湾最该打的是警察。当时台湾是警察社会，警察无所不在，且大权在握，管保甲、行政、户口、卫生、税捐，一句话：什么都管。他们是日本人的走狗，台湾人称"四脚仔"。我家在台南租的是大杂院，有公司职员、做蛋糕的，有台湾人、福州人，还有"二奶"。1942 年的一天，我放学回家，就在院里遇到日本警察在训福州人。日本警察对福州人的监督和控制比对台湾人更加严厉，三天两头找麻烦。台湾人是二等国民，福州人是三等国民。这次训话跟往日不同，时间长，语气重，伤人，侮辱人格。我在旁边实在听不下去，忍不住说了警察几句。日本警察恼羞成怒，跟我大吵一场。父亲回家听说这个事，吓得顾不上骂我，赶紧买了许多礼品跑到派出所赔礼道歉才含糊了结此事。后来才得知，日本投降时，全省几乎所有的县市都打日本警察及做日本走狗的台籍警察，而台北闹得最凶。

11 月初，台湾光复不久，我突然接到通知，要我立即到台北医学专门学校报到入学（后来转学到台湾大学医学院先修班）。我 1945 年 3 月从台南二中毕业，随即考上日本九州久留米高等医学专门学校；由于台湾、日本航线因战争断绝，未能按时入校。光复后，台湾省教育处承认台湾学生入学资格，将拟赴日念书的台湾学生全安排在台湾各个学校深造，我便要到台北医专报到。这是台湾当局明智的决策，不仅稳定了一批知识分子的情绪，还顺利衔接了日本和中国的教育制度。与此同时，国民党也犯了个大错误。台湾人本来以为光复了，再不会当二等公民了；不料，国民党跟日本人一样，不相信台湾人，歧视台湾人。光复后，国民党大量任用外省人（这是必要的，但同时也应培养、任用本地人），大批台湾青年知识分子失业，加上经济上疯狂掠夺，民不聊生，造成台湾社会长期动荡。

11 月中旬，当我乘火车到达台北时，天色已暗，只见站前一群人在跳舞、呐喊；一路上人们不是在学普通话，就是在唱“欢迎歌”，一派升平景象。当时，台大只管教学，不管生活，吃住都得自己安排，我只好住在舅舅家白吃白住个把月；实在不好意思住下去了，就在台大附近租房，房租涨了就搬到市郊区，最后搬到租金最便宜的北投，每天坐火车到台北，然后走一个小时到台大。生活呢，开始还能在路边吃卤肉饭，后来就只能买饭不买菜，在饭里浇上自带麻油和饭店的酱油。搬到北投后米价飞涨，连大米也吃不起了，就天天煮地瓜充饥（当时一斤米的钱可买十

1996年杨玉辉在东京与台湾“驻日首席代表”、表哥林金茎会面。

斤地瓜），曾因钱用光，饿了两天两夜。台湾光复不过半年有余，米仓变成闹米荒，人们对国民党从欢迎变失望，“狗走猪来”一语不胫而走。

这时，发生了一件事，简直改变了我的人生。我的亲舅胡鑫麟，台大医学院毕业后在附属医院当眼科医生。他是现在广州的李辰和在台北的杨思标的同学、好友。1946年4月的一天，一位国民党军官带夫人到医院找到胡鑫麟说要看眼病，舅舅让其排队，国民党军官不想排队，一定要先看，舅舅坚持要按顺序来，军官夫妇就这样气呼呼地走了。第二天，这位军官就派部队把胡鑫麟抓走了，一关就是一个礼拜，后杜聪明（曾任台湾医学会会长、国民参政会成员）出面才放出。我对台湾的国民党彻底失望了，我暗暗发誓：再不当医生，设法离开台湾，到大陆一看究竟，好找救台湾之路。

恰好，1946年6月下旬，我在报上看到台湾省行政长官公署教育处关于“考选升学内地专科以上学校公费生”的启事。机会来了，我当即前去报名、考试并被录取。同时被录取的亲戚有三舅胡连城、表哥林金茎（胡连城后来到武汉大学念书，上海解放后到上海工作，1950 年秋天因病逝世。林金茎到上海复旦大学念书，上海解放前夕回台，曾任台湾驻日首席代表、国策顾问等）。

8 月中旬，我按教育处的要求到台湾省行政干部训练团报到、学习。说是训练团，对我们来说主要是学习中文，重点是学普通话，并从“ㄅ”、“ㄆ”、“ㄇ”、“ㄈ”开始。录取 100 名，实际报到 92 人，分 9 个小组，我是第九小组的组长。组员有庄德润、陈敏臣、卢品（女）、童静梓（女）等。全班仅有的两位女生都在这个组，引起了大家的关注。当时我们都是 20 岁左右的青年，不免有些小插曲。陈敏臣训练临近结束时给童静梓写了一封“爱慕信”，童静梓便把信交给老师。我觉得我是组长，不说一点话不好，便婉转地说她不该把信交给老师。我为此自责了好长时间。

经过三个月的训练和中文学习后，我们分到暨南大学的台湾学生一行 14 人于 12 月初到上海暨南大学报到。当时上海是学生、工人等的革命运动蓬勃发展的地方，暨南大学又是曾被称为“东南民主堡垒”的学校，进步与反动的斗争非常尖锐。那时，暨南大学学生会经常邀请著名爱国人士郭沫若、茅盾、马寅初、罗隆基、章乃器等人来校作报告。说真的，我有生以来第一次听到如此激动人心的报告，心想如果由这些人来治理中国，大陆和台湾都有希望。14 位公费生由于都积极参加学生运动，有的被开除，有的不得不离开学校。到上海解放时，只剩下李天赠、王青学、陈耀赓、卢国松和我五人。为什么公费生拿国民党的钱，做共产党的事？就因为国民党太腐败，人心尽失，把公费生逼得跟共产党走。杜长庚、许梦雄（徐萌山）、罗美行（白明）到了解放区。张璧坤回台，参加台湾“四六”事件被通缉，1952 年被捕，随即被枪决。刘碧堂回台，被捕入狱，在狱中病死。丁保安回台被捕，后出逃到日本。刘荣超回台念台大，毕业后赴美，留校任教授，中美建交后率团到大陆参加国际学术讨论会，并多次在天津南开大学、上海社会科学院讲学（1999 年夏，我到加拿大时跟他通过电话，约好在加拿大见面。不料，通话后不久他便在纽约家中逝世。走时，竟无人在旁，过了一星期后才被家人发现）。卢国松、李天赠上海解放前夕先后被捕，上海解放时获救。

1949 年 5 月上海解放，6 月我和卢国松参加南下服务团到福建。我历任新华社建阳支社编辑记者，《闽北人民报》采通部长，中共建阳地委宣传部通讯组副组长，建阳专区工会副科长，福建省总工会宣传部宣传科副科长，闽江水电局职工子弟小学校长，福建前线广播电台编辑、副科长、科长，福建省政府台湾事务办公室副处长、处长、副主任，福建省台盟副主委兼秘书长，福建省台联会长，全国台联副会长，现任福建省台联名誉会长。我 1953 年结婚，妻子是上海人，被同事称为“建阳一朵花”，时任青年团建阳县委宣传部长，1956 年患白血病，同年逝世，年 22 岁。十年后我再婚，妻子是福州人，小学教员，小我 16 岁，“文革”时得腮腺瘤（癌），先后开四次刀。我非常珍惜这两次婚姻，因为当时跟台湾人结婚是需要一点自我牺牲精神和勇气的。我们有二子一女，二子均系博士，一女是双学位硕士。他们的名字：健、磊、爽，表征我对健康、磊落、爽直的执著与追求。

1988 年，我当选为全国人大代表。多年的对台工作使我感悟到：党的对台方针政策得民心，尤其是“寄希望于台湾人民”的方针。得民心者得天下，实现祖国和平统一没有捷径可走，只有扎扎实实，做好台湾人民的工作，争取民心，才能“水到渠成”。我把“争取民心”作为自己的终身责任，并认为做好台商、台生工作是争取民心工作的重要方面。于是，经常走访台商，边排忧解难，边调查研究，撰写了《福建台资企业情况、问题及其对策

杨玉辉全家福

和建议》《用辩证法的观点处理好引进台资中的几个关系》等调研文章。在人大会议上建议制订《台湾同胞投资保护法》，制订《台湾同胞投资保护法实施细则》，建议进行《台湾同胞投资保护法》执法检查，并多次参加检查执行情况，努力保护台商正当权益。还建议给予来大陆投资、求学和旅游的台湾同胞“国民待遇”等。争取民心要靠点滴积累。在每年的人大会议上，最高法院都有人参加小组会议，我利用这个机会向他们报告福建涉台案件，希望他们督促福建法院公正判案。1995 年，有位台胞被公安机关逮捕，地方法院不知为何迟迟不给判决。在 1996 年 3 月的人大会上，我向最高法院代表提出意见，地方法院 4 月就判决此人无罪释放，政治影响很好。又有一次，一位台商因经济纠纷被非法软禁，失去自由。我得知此情况后，立即报告省领导；贾庆林省长非常重视，亲自批示立即放人，使该台商迅速恢复了自由。

我1998年离休。当年一起从台湾到大陆的90多名同学，如今仍在大陆健在的也不过二三十人。想到这里，颇有一些“古来征战几人回”之感慨。我扪心自问：作为一名幸存者难道不该“活一天，就要尽一天责任”吗？我想，研究台湾问题只有大陆视角是不够的，还应该有台湾视角，甚至世界视角。我在台湾生活、学习20年，在大陆工作50年，既有大陆视角又有台湾视角，思路也许更符合台湾实际。于是，我坚持思考、写作，共写了20几篇建议和文章。曾获福建省政协三等奖的《关于编撰两岸通用汉语词典的建议》若干年后已成现实。最近写的《台湾人的尊严观》《“陈光标台湾感恩之旅”启示》等等，仅系期望人们在两岸交流中，有“心”的交流，有“情”的交融，有对“尊严”的关注。

忆我的外公徐萌山

徐妍妮

外公曾说，他生长在一个伟大的时代，一个大变革的时代。台湾 50 年才有一次大变革，即抗战胜利台湾光复，他经历了；中国新民主主义革命 28 年，四个阶段中他经历了第四个阶段，即解放战争时期。他参加了学生运动，后又参加了解放区军民运动；1949 年 10 月 1 日中华人民共和国中央人民政府成立之时，外公也幸运地参加了这个伟大转折点的庆典。

一

1925 年 12 月，外公出生在台湾省云林县仑背乡，祖籍是福建晋江龙湖镇。外公在台湾念小学和中学时接受的都是日本制的教育，遭受了日本帝国主义的压迫和欺凌。1945 年 8 月 15 日抗战胜利，日本投降，台湾归还中国，50 年的日本殖民统治结束了。大家当时都热烈欢迎祖国政府——中华民国政府派来的台湾省长官公署接管台湾。1946 年 5 月，台湾省长官公署教育处处长范寿康先生接受了台湾省议会的提案，为了培养台湾青年学生，制定了“升学内地大学公费生”制度，其办法是用公费派送百名学生到内地九个国立大学念书。当时应考者有500名之多，因此录取的百名学生被台湾报界称为“台湾的精英”。外公当时向往祖国，又想掌握新的知识，因此去投考，而且幸运地被录取。经过三个月的中文学习，被保送到上海国立暨南大学文学院史地系学习。

二

来到大陆进入暨大，对于外公来说是个人生的转折点：他参加了学生运动。当时中国正处在新民主主义革命的第四阶段，上海是各种革命运动蓬勃发展的地方，暨南大学曾被称为“中国东南的民主堡垒”，这里的进步与反动的斗争是非常尖锐与激烈的。外公在这样的环境里受到了熏陶，得到了锻炼：首先是福建籍老同学如林绿竹等地下党员从生活、思想和学习上对外公耐心帮助，热情关怀；史地系是进步势力占优势的地方，外公被选举为史地学会干事后，在各种活动中接受到了地下党员的教育，在他们的介绍下，外公阅读了党的地下刊物，读了毛泽东的《论联合政府》、胡绳的《新人生观》以及《光荣属于民主》等。这些刊物让外公的思想认识有了很大的改变。1947年1月1日，全上海大中学生举行抗议美军暴行的大游行时，外公和台湾同学被安排担任纠察队员，走在游行队伍的最前面，也是走在了全上海学生游行队伍的最前沿。

1947年2月，台湾“二二八”事件发生的当天晚上，外公陪同吴思汉同志（从日本东京大学跑到重庆抗日的著名台湾革命者）到台湾同乡会会长李伟光同志家打听情况，商量对策。第二天，外公参加了李伟光同志召集的“六团体支援台湾二二八事件后援会”，并作为旅沪台湾同学会的三名代表之一，参加了各种支援活动。外公还被推选为暨大台湾同学会主席，以台湾同学会名义出墙报阐明“二二八”事件的真相，解释了台湾人民的斗争是正义的。后来外公和暨大同学一起被邀请到一个中学的历史课上发表演讲，介绍台湾情况和“二二八”事件的真相。

“二二八”事件后，台湾充满恐怖气氛，正义的声音被淹没。为了打破这种沉寂，杜长庚和江浓建议组织升学内地大学公费生返台演讲团到台湾各地演讲，打破恐怖气氛。这个活动得到了台湾地下党的同意和帮助，同时争取到了合法地位，即得到了台湾省教育会会长游弥坚和《新生报》社长李万居先生的介绍信，又得到了台湾著名爱国企业家刘明先生的两万元捐助。该团到达台中、彰化、嘉义、新营、台南、高雄、凤山、东港等地进行了演讲。外公当时以“大陆教育情况”为题参加了演讲，介绍了大陆学生运动的情况，主要是说明祖国大陆虽有黑暗，但也有光明的一面，对祖国不要持一种失望的态度。在台南的时候，外公听说他的中学老师在组织音乐会，便设法同演讲团同学一起上台演唱大陆学生运动歌曲《团结就是力量》和《古怪歌》，受到许多听众的热烈欢迎，但却引起了国民党警察的追查。

1947 年 9 月，外公参加了台湾老前辈李伟光组织的“前进社”的活动。该组织联合了在上海的台湾地下党员、革命人士及在上海的台湾学生中的进步分子，经常开会研究台湾革命的战略策略问题，然后写成文章，送到台湾或者投稿到香港的台盟刊物上。该组织同时参加了谢雪红等在香港发起的建立台盟的酝酿工作，也曾邀请到李纯青来指导。外公参加了这些活动，受到了很大的教益。

经过一年多学生运动的革命实践并阅读了马列主义书籍和中共文献等著作，外公终于找到了一条光明的道路，确立了为共产主义事业奋斗终生的决心，于 1947 年 12 月在暨大地下中共支部参加了中国共产党。入党后担任党的外围组织“雷社”的负责人，参与领导了文法学院的学生运动。

1948 年 4 月，外公参加和领导了暨大赴杭州春游凭吊于子三（浙大学生会主席，被特务打死）墓的活动和“四八”反迫害斗争，与国民党特务进行了面对面的斗争，因此遭到国民党特务的追捕。8 月 26 日，“上海特别刑事法庭”以“共产党间谍嫌疑”为由，向全上海各大学发出了 190 人的拘票和 150 人的传票，其中有台籍学生张碧坤（后在台被捕牺牲）、白明和外公三人。由于组织上的安排，他们三人已离校，未遭逮捕（1998 年 10 月，上海市委“党办史”举办了“八二六”反迫害斗争 50 周年纪念活动，编辑了纪念刊物《炼狱——1948 年“八二六”斗争纪实》，江泽民写了诗词如下：“血雨腥风岁月稠，申江红浪起申流，高歌炼狱华年志，共展宏图遍九州。”乔石、吴学谦题了词，外公也参加了这个纪念会，与难友们见了面）。

暨大“四八惨案”时，有五位同学被捕，外公曾回忆道：“当时我掩护台湾同学张碧坤到伟光医院免遭逮捕，当我返校时，在武进路上遇到特务学生，竟然拔出枪来追捕，我急忙跳上了一辆人力车，在人力车夫的帮助下，又换了几次电车，终于甩掉了尾巴。”

外公还回忆：“因为国民党特务要逮捕我，组织上决定要我进解放区。1948 年 6 月 1 日，我带着五个同学化装成商人乘船到武汉，准备进入刘邓大军驻地大别山区，但因地下交通被破坏，我们在武汉流浪了一个月，之后又回到上海找组织关系，但又赶上上海地下交通遭到破坏，只能到台湾隐蔽。后来上海特刑庭逮捕令转到台湾省教育处，我决定改了身份证秘密地乘小船偷渡回上海。途中遇台风，呕吐不止，还吐了血，同行的同学都流下了眼泪。经过到处流浪的一段时间，我们终于在 1948 年 11 月通过封锁线，进入苏北解放区，在盐阜地区合德镇华中工委党校学习，总结地下工作斗争经验。在上海和台湾，我经常处在被压迫、被欺凌、被追捕的境地，半年的流浪中，经常变换地址，睡不安宁。进入了解放区，感到是人民的天下，这些危险就不存在了。在解放区看到土改后的农民积极组织起来，用小车送军粮支援淮海战役，确实感到广大人民是支持共产党的，共产党必胜是确定无疑的。1949 年 3 月淮海战役胜利之后，华中党校搬到淮阴，接着又南下准备渡江。我一生中最让我兴奋的事便是百万大军过长江的第三天我也渡过了长江；解放军 5 月 27 日解放上海，当晚我也进入了上海。因为我担任了青年团房屋接管组的组长，要接管全上海三青团的房子，所以要跟着华东青委书记李昌同志作为第一阶队进入上海。当时我很兴奋，因为过去在上海被反动派追得走投无路，现在当了上海的主人来接管敌产；过去在上海的许多外国银行和饭店都进不去，现在可以随便进出，这是我终生难忘的事。”

三

1949 年 9 月，华东青年团工委书记李昌同志推荐外公去中央团校学习，目的是培养台湾建团的骨干。外公在团校比较系统地学习了马列主义理论、中国共产党党史、建团知识等，听取了著名教授艾思奇、田家英、廖承志等人的讲课。在学习期间，外公被提拔担任班学委会委员。他认为这是一个难得的机会，又得到一次一年脱产学习的机会，外公十分感谢党的培养。经过一年的学习，外公认识是非的能力和马列主义理论水平有了提高，为以后进一步学习理论、政策打下了基础。

在团校期间，外公幸运地见证了史无前例的大事。新民主主义革命经过 28 年的奋斗，终于取得了伟大的胜利，打败了国民党反动派，推翻了中华民国政府，成立了新的中华人民共和国中央人民政府。开国典礼 1949 年 10 月 1 日在天安门举行。外公同

徐萌山在政协会议上发言。

团校师生一起来到天安门参加了这个隆重而热烈的典礼。他曾回忆说："我看到了毛主席、刘少奇、周恩来和朱德等领导同志，非常兴奋，这是我参加革命以来梦寐以求的事。我看到解放军的坦克、大炮和空中的飞机，非常高兴，真是扬眉吐气了，因为这是我们过去没有的，这是伟大时代大变革的一个转折点，是帝国主义侵略中国100多年来，前所未有的大变革。从此以后，帝国主义任意宰割中国的时代一去不复返了，中国人确实是站立起来了。我作为曾经受过日本帝国主义统治和国民党反动派压迫的台湾人，经过几万里的路程和曲折的过程来到北京，参加了这个壮丽的开国典礼，是非常光荣和值得自豪的。"

四

1950年3月，为了解放台湾，一批台湾籍干部集中到上海待命，当时外公与白明在团校提前一个月毕业，调到上海华东局台湾工作委员会集中。后由于美国利用朝鲜战争派第七舰队进入台湾海峡，阻挠解放台湾，集中的干部就另行分配工作。外公回到青年团上海市委工作后，被任命为长宁区团工委委员、青年工人部部长，经常深入到工厂、工人中去。

1951 年 5 月，台盟中央推荐外公担任台湾学生代表团团长，出席全国学生代表大会。外公率领七名台湾学生代表赴北京参加代表大会，受到各省代表团的热烈欢迎，还见到了毛主席。外公在大会发言时，介绍了台湾学生运动的情况和台湾学生的愿望，表达了台湾学生向往祖国的心声。全国各地学生对台湾学生表现出了深厚的情谊，有的在大会发言，有的写书信，有的送礼品，使台湾代表团深受感动。外公回到上海后写了书面汇报介绍大会情况，后来通过广播电台向台湾广播，又在香港《大公报》发表了文章，完成了向台湾学生传达的任务。

徐萌山与毛主席握手。

1951 年 8 月至 1952 年 7 月，外公被调往中共中央华东局台湾工作委员会，担任台湾干部整风训练班党支部委员兼小组长。当时华东局决定调一批台湾籍老干部和中青年干部按照中央整党文件规定进行整党。经过学习中央文件，外公对路线、是非的认识水平有了提高，组织上也对外公作出了“历史清楚，政治上无问题”的评价。

1952 年 8 月，台盟总部改组，外公被任命为台盟总部代秘书长，因主席有病，台盟总部的日常工作实际上由外公来主持。1954 年，外公参与推荐和选举李纯青同志为台盟总部副主席，使台盟总部的领导工作得以加强。

1953 年 5 月，外公被推荐为台湾青年代表，参加全国民主青年代表大会，当选为中华全国民主青年联合会委员。

1954 年 9 月第一次全国普选时，外公被选为上海市静安区第一届人民代表大会代表，参加了基层政权工作。

1955 年 2 月台盟总部迁京时外公提出的调离台盟的请示被批准后，组织上安排外公去中央马列学院中共党史班学习，后来又安排外公回到上海中共中央第三中级党校学习马列主义理论一年。1956 年 9 月，外公被任命为上海市归国华侨联合会副秘书长，在侨联工作一年。

1957 年 6 月至 1966 年文化大革命前，台盟总部调外公到北京任总部秘书长。

1958 年 9 月，毛主席召开国务会议时，由于台盟总部主席、副主席缺席，决定由秘书长代表台盟出席此会。在这个会议上，毛主席接见了与会代表，会后摄影留念，发表了消息。这是外公终生难忘的最大光荣。后来外公经常以台盟负责人的身份代表台盟出席周总理召集的各党派协商会议和政协副主席李维汉召集的政协“双周座谈会”，参与了全国政治协商民主监督的工作。

1959 年 4 月，外公被推荐任全国政协委员，从第三届开始到第八届。

文化大革命期间，“四人帮”反革命集团破坏统一战线，台盟和其他民主党派都停止了活动，其领导人和成员都受到了迫害。外公也受到了冲击，被隔离审查，下放劳动，下放干校批斗等，但外公对党和共产主义的信念始终没有动摇。

五

1972 年 8 月，外公在周总理关怀下从干校“解放”回京，参加了人民大会堂台湾厅的筹建工作。后来外公还参加了周总理支持的“二二八”纪念会的筹备工作。

外公曾聆听了邓小平同志的多次讲话，深受教育和鼓舞。例如 1979 年 1 月 1 日全国人大常委会《告台湾同胞书》发表后，邓小平在政协座谈会上发表了“解决台湾问题，完成祖国统一大业提上具体日程”的著名讲话，外公以台盟总部临时领导小组成员和台盟秘书长的身份参加大会，随后他组织台籍各界人士向台湾作了广播讲话，传达了邓小平宣布的新的对台方针。邓小平关于统一战线理论的纲领性文件如《新时期的统一战线和人民政协的任务》及《各民主党派和工商联是为社会主义服务的政治力量》，也是由外公亲自聆听并在台盟和政协工作中贯彻的。

邓小平拨乱反正，让台盟和其他民主党派一样，去掉了“资产阶级政党”、“资产阶级知识分子”的帽子，摆脱了“左”的紧箍咒，走向新生，进入新阶段。1979 年 10 月台盟召开第二届全盟代表大会，产生了新的盟章和新的领导机构，外公被选为总部理事会常务理事兼秘书长。

1987 年 11 月至 1997 年 12 月，外公担任台盟中央评议委员会委员、副主席。

1997 年 12 月，外公被推选为台盟中央顾问。

“文革”结束后台盟恢复工作，外公继续被推选为全国政协委员，曾任政协对台宣传组组员，文史资料、学习、提案委员会委员。

外公曾担任的兼职有中国人民保卫世界和平全国委员会委员（1958 年至 1966 年），中国统一战线理论研究会常务理事（1983

年至1999年），暨南大学校友总会名誉会长，北京暨南大学校友会副会长、会长（1982年至1999年），最高人民检察院特约检察员（1990年至1999年），中国科学社会主义学会理事（1983年至1999年）。

80年代旅美台籍记者叶女士来大陆采访时向外公提出了一个问题："在大陆生活这么苦，有三年困难，有文化大革命，但是你们还情绪饱满地工作，这是什么道理？"外公回答道："因为新中国的建立，我参与其中，这个政权是我们自己的政权，所以遇到什么困难，我都得扶持它、支持它、保护它。"外公一生追求光明，坚持理想，为台湾同胞的幸福，为祖国的统一与繁荣，为台海两岸的交流作出了卓越的贡献。可以告慰外公的是，他热爱的祖国现在是如此的繁荣富强，台海两岸的关系也在逐渐融洽。我们也坚信，老一代台胞的梦想——祖国统一的实现就在不远的未来。

卢国松同志生平简介

佚　名

卢国松同志1923年4月24日出生于台湾省台北县，台湾省光复后，于1946年10月作为台湾省公费保送生就读于上海暨南大学商学院。在大学期间，积极参加爱国学生运动，于1949年4月遭国民党当局逮捕，同年5月上海解放时，被解救出狱。1949年6月，卢国松同志怀着革命的斗志，毅然抛弃上海的大城市生活，加入华东军区南下服务团，不畏艰难困苦，长途跋涉，南下福建。同年10月，到福建省台工委工作。1956年9月调到福建省政协工作，任副科长。后调往福建省委统战部、福建省政府外办、侨办等单位任职。1979年2月加入中国共产党。1985年11月加入台盟，同年12月当选为台盟福建省第三届委员会专职副主委。卢国松同志历任第六届全国人大代表、第六届福建省政协常委。1988年12月离休后，先后任台盟福建省第四、五届委员会顾问。

卢国松同志有远大的共产主义理想，无论是在革命战争年代还是社会主义建设时期，都能经受住各种考验。他热爱祖国，对家乡充满深情，长期在对台工作的第一线工作，无论在哪个单

卢国松

位，都坚决拥护中央一系列对台方针，认真贯彻落实具体对台政策，为祖国统一大业作出了贡献。在十年“文革”期间，他遭受到不公正待遇，但依然保持着热爱党、热爱社会主义的高尚情怀，无怨无悔地为党辛勤工作。在担任台盟福建省委副主委期间，他一向忠实贯彻执行中国共产党领导的多党合作和政治协商制度，积极参政议政，大力开展对台联络和宣传工作，认真维护台胞正当权益，协助有关部门做好台胞平反和落实政策工作。

卢国松同志胸怀坦荡，平易近人，谦虚好学，廉洁奉公，爱岗敬业，艰苦朴素，始终保持着无产阶级革命者的本色。

卢国松同志，2010 年 2 月 1 日，在福州去世，享年 87 岁。

复旦大学

FUDAN UNIVERSITY

感恩故乡　报效祖国

——一个台湾学子在大陆 65 年的回顾

陈　弘（陈伯熙）

光阴似箭，我们到祖国大陆已经 65 年了。回想当年决定自己命运的光景，一切仿佛如在昨天。我今年 87 岁了，经历过日本殖民统治、国民党统治和新中国三个时期。回顾 65 年走过的道路，我在祖国大陆不仅学习了专业，也受了中华优秀传统文化的熏陶，经风雨见世面，亲历过大陆从贫穷落后发展成为世界第二大经济体的整个过程，感慨万千。

甲午战败，清政府和日本政府签订《马关条约》，把台湾和澎湖列岛割让给日本。台湾从此沦为日本殖民地，台湾人民成了亡国奴和日本的二等公民，受苦受难，尝尽亡国的艰辛。八年抗战，台湾人民与大陆人民一起奋斗，取得了抗战胜利，台湾人民才从日本殖民统治下解放出来回到祖国怀抱。我仍然记得当时台湾百姓欢天喜地，张灯结彩，烧香禀告祖宗，上街游行庆祝台湾光复的情景。1945 年 10 月 25 日，在台北公会堂举行日本投降仪式，日本末代总督兼第十方面军司令官安藤利吉向中国军队代表陈仪递交投降书；陈仪随即向世界宣布，从今而后，台湾和澎湖列岛回到祖国怀抱。

陈弘（1949 年 4 月摄于上海）

我这大半辈子，以事件或时间计算，大约有下面几点值得提一提。

一、基隆中学反日事件

日本殖民统治时期，我在基隆中学上学。这是一所以日本人为主的初高中五年一贯制的中学。与我同一学期的 100 名同学中，日本人有 73 名，台湾人只有 27 名，合格率远较日本人为低，可见台湾人上中学难度之大。在学校，台湾学生一样受到日本殖民者的歧视和压迫，老师可以无缘无故地扣我们的分，日本同学常常欺侮、打骂我们。但是我们不退缩，紧紧团结在一起。

毕业前夕，我们自发地举行惜别晚餐会，互相倾吐五年来受欺凌的痛苦，最后决定做一个刻有 F 字头、表示台湾人的意思的皮带扣。在毕业纪念册上题词互相鼓励，有的写“血浓于水”，有的写“以血换血”等等，表现了强烈的民族情感和民族意识。

纪念册被日本同学发现，告到校方。校方认为这是一次反日活动，违反“治安维持法”，还怀疑台湾同学秘密结社，立即上报基隆警察署，结果5名台湾同学被拘留审讯，其余被警察抄家和给予“无限期停学”的处分。

这就是台湾有名的基隆中学F－man（台湾人）事件。

我受到迫害后，无心参加毕业典礼，1942年2月下旬匆匆离家赶赴东京上补习学校。

二、投考升学内地大学公费生

台湾青年当时精神非常苦闷，都盼望祖国强大，早日收复台湾，以摆脱亡国奴地位，成为堂堂正正的中国人。

1945年台湾光复了，我们向往祖国大陆。1946年6月，我们从报纸上看到台湾省教育处招考升学内地大学公费生的消息，非常激动。

大陆和日本学制有所不同。大陆的初中和高中要上六年；日本少一年，五年，因此应考的台湾学生，中学毕业后，必须再在日本或台湾的大学、专科学校读一年以上。日本统治时期，台湾学生受歧视，很难考上中学，上大学、专科更是难上加难。因此上到大专的台湾学生该是非常优秀的。从这批500名学生中挑选出来的100名升入内地大学的公费生可说是台湾的精英。他们满怀爱国热情，准备在大陆各知名大学学成归来建设可爱的家乡。

台湾学生在日本统治时期没有学过国语，到内地大学听课有困难。台湾省教育处决定录取以后，于8月在台湾省地方行政干部训练团举办一个升学班，集训三个月，突击学习国语、国文等。集训期间，这一批公费生一起生活学习，建立起深厚的友谊。集训结束时组织了“台湾省升学内地大学公费生同学会”，选举江浓为第一届会长，1947年连任。1948年暑假回台湾，开会选举我为第三届会长；尔后两岸阻隔，至今未能改选。1996和2006年，在北京先后举办了两次同学联谊会，从日本、美国和中国大陆、台湾、香港各地来了数十位同学欢聚一堂，几十年来同甘苦，共命运，共同语言多，久别重逢畅叙友谊。这是后话。

陈弘（2004 年 9 月摄于北京）

1946 年 10 月下旬，我们分别到北京、上海等地就读，受到大陆同学亲如兄弟的接待和帮助，办理注册、选课、安排宿舍等等，都给帮办了。我参加插班考试，编入复旦大学经济系二年级。到复旦大学就读的台湾同学有五名，他们是农艺系谢发楸、法律系林金茎、新闻系江浓、陈炳薪和我。

1947 年元旦，我参加了因北平发生沈崇事件而举行的反对美军暴行的大游行，有生以来第一次以堂堂正正的中国人的身份在上海南京路上高呼“美军滚出中国去”的口号。

三、参加培训青年学生

1949 年 5 月上海解放，同年 8 月我从复旦大学经济系毕业。由于工作需要，我调到中国人民解放军九兵团台湾干部训练团，任二中队副政治指导员，参加对 140 名大学、高中毕业生的培训。这一批男女青年天真活泼，意气风发，斗志昂扬，学习热情高涨。我和他们在学习上、生活上打成一片，建立起深厚的感情，至今仍保持联系。

1951 年我调到华东军区外语学校任英文队副中队长，参加军队外文干部的培养。他们是响应党和国家号召参加“抗美援朝”的大学生和高中生，一心报效祖国，投笔从戎。其中有十名优秀学员学了一年之后就被选送到中国人民志愿军政治部俘管处，参加美国战俘的管理工作。外校学员毕业后，经过长期工作锻炼，有的任驻外武官，其中三名后来晋升为少将。他们是我驻联合国中国军事代表团团长周江、国防大学外军教研室主任李植云和驻开城志愿军代表郑道根。我和他们至今仍保持着亲密的感情。

四、参加审讯和审判日本战犯的工作

1954 年我被借调到最高人民检察院东北工作团，到抚顺战犯管理所担任翻译组长，从事审讯和审判日本战犯的工作。

管理所里有1000 多名日本战犯，还有伪满皇帝溥仪、其弟溥杰以及伪满总理张景惠等伪满战犯。当我为最高人民检察院负责人对他们作的报告进行翻译时，深深感到一种作为中国人的尊严与自豪。这一项工作，我在抚顺和太原干了三年多，已经载入中国政法工作的史册。

五、从事新闻界外事工作和担任人民日报驻东京记者

审判日本战犯工作结束后，我被借调到北京市外事办公室、中国人民外交学会等单位，在接待日本六大城市代表团、日本社会党第一次访华代表团时均做主要翻译，还给北京市长彭真、上

海市长陈毅、南京市长彭冲等做过翻译。

1957年我调入中华全国新闻工作者协会（简称中国记协）国际联络部从事新闻界的外事工作。记协邀请的以小林雄一为首的日本记者会议代表团、以广冈知男为首的日本新闻协会代表团、日本媒体联合代表团、记者代表团等等，都是由我负责翻译和接待工作的。这个工作提供了许多机会，使我有幸能与日本新闻界特别是各大报社、通讯社、日本广播协会负责人进行广泛的接触与交流；并在周恩来、邓小平、陈毅、邓颖超等中央领导人接见日本新闻界代表团时担任翻译。因此，我对日本新闻界的高层人士和一批骨干是比较熟悉的，这为我日后的工作和发展打下了很好的基础。

1980年，我担任人民日报常驻记者到东京，受到日本官方和民间以及新闻界同行的友好相待，更受到大学、中学同学的热烈欢迎。

我拜会共同社，渡边孟次社长宴请时首先交代陪见的编辑部负责人关照我在日本的报道工作。该社一位我认识的资深记者说："我在共同社工作了一辈子，都没有机会单独会见社长呢，你一来东京，社长就亲自接见，真令人惊讶。"

基隆中学在东京和附近的日本同学，为我举行了热情亲切的欢迎会，畅叙同窗之谊。当年欺侮过我的同学，还向我赔礼道歉。这使我感到，时代真的是变了，我们的地位真的是不同了。

我探访一位老华侨。他告诉我，中国国际地位提高了，华侨的处境也改善了，日本警察对我们的态度变好了。

我拜访旅日台湾省民会和东京华侨总会，陈焜旺、刘启盛、陈敏雄、蔡庆播等老前辈非常热情地接待我。他们知道我是台湾出身，感到特别高兴，特别亲切。政府能让台胞出国工作，并且是这么重要的工作，他们对这一点特别满意，特别欣慰。

这使我深深体会到：旅日台湾同胞和我们心连心。他们很关心我的工作，主动给我提供信息，经常帮助我。因此我在东京交了不少新朋友，建立了深厚的友谊。

我在日本工作期间，受到日本民众友好、热情的接待，充分感受了新中国在国际上的尊严和地位，没齿难忘。

1982 年，我调到中央编译局任日文处处长，主持翻译《邓小平文选》，以及刘少奇、周恩来、朱德、陈云等党和国家领导人的著作以及每年全国人大和历届中共党代会的文件。

因为工作取得了一些成绩，我被评上了高级职称——译审，享受国务院特殊津贴；2001 年，中国翻译协会给我个光荣称号，把我评为全国第一批资深翻译家。

六、为祖国统一大业贡献余生

1990 年，我从中央编译局退下来。当时就想，我从小喝台湾的水，吃台湾的米，台湾人民栽培我供我上大学，原想学成后回台湾报答众乡亲，不料由于人为的阻隔，壮志难酬，成了终生遗憾，但为故乡做点事的心愿还是很强烈的。还想起孙中山先生的遗训，我认为祖国尚未统一，“同志仍需努力”。因此决心把我的余生，贡献给祖国的统一大业。我担任过台盟中央评议委员会第一、二届委员，中华全国台湾同胞联谊会第一、二届理事，竭尽所能，为大陆台胞、台商、台生做了点事，就叫做排忧解难吧。

七、最后感言

回顾自己走过的路，当年考取公费生背井离乡，雄心勃勃。大学毕业后，却没有孝敬过父母，二老病重时，我没能在身边侍候，去世时也未能送葬：因为这，我至今没法原谅自己。同时，我也未能学成回乡报答乡亲培育之恩。人间的痛苦莫过于骨肉分离，两岸隔绝造成的民族悲剧，是应该早日结束了。

现在，两岸已达成了15项协议和两项共识，实现了“三通”，特别是签署了ECFA，两岸关系进一步缓和。当前两岸形势是很好的，两岸人民频繁往来，两岸家人可以互相探视了。这种局面来之不易，应该珍惜。我深切感受过骨肉分离的痛苦，知道两岸的和平非常可贵。

1990年4月，我偕同妻子回台湾探亲扫墓。相隔43年后才能如愿，清明节那天在父母墓前烧香跪拜忏悔自己没有尽到孝道。尽管不是私心所愿，依然难以宽恕自己。唯其如此，更加体会到台海两岸分离的深刻的悲剧内涵。

这是国家的悲剧，民族的悲剧。

国家不能分裂，分裂了就要吃大苦头。世界上政局混乱的国家，亚洲的，非洲的，拉丁美洲的，很不少呢！因为政局混乱，出现战乱，人民背井离乡，生灵涂炭。战乱导致外部势力介入造成的悲剧更加难以言表。民族之间，合则双赢，分则两败。这已为无数历史事实和正在发生的事实所证明。与其用自身残酷的事实去证明一种糟糕的结论，为什么不去争取一种更好的结果？

回忆台湾回归祖国　怀念恩师

谢发楸

在纪念台湾省公费生升学内地大学60周年的联谊聚会上，有人提议，到70周年时再办一次聚会，也有人说，等到70周年时间太久了，应该到65周年就办。如今我们已是人至耄耋，尚健者寥寥可数，要办聚会就不容易了，实在是岁月不饶人。

选拔100名台湾青年公费送往祖国大陆的九所著名大学学习，学成后再回台参加建设，这是台湾回到祖国怀抱之后欢庆光复热潮中的创举。我作为公费生的一员，与其他充满热情的有志青年一道奔赴祖国大陆，进入上海复旦大学接受到良好教育，我为此而感到自豪。

回顾自己的人生道路，我十分怀念和感谢学生时代的恩师。

首先是在中学时代授予我民族观念的启蒙导师谢有德先生。当年他是京都帝国大学工学部专修电气的中年（约40岁）学生，后来听说，有德先生是台北师范学校毕业，任教后才去的日本。他曾以中华民国留学生的身份就读东北帝国大学（仙台）和九州帝国大学（福冈），后来才到京都。据说如此辗转为的就是向台湾学生宣传“工业救国”的主张。或许还有需以“中国留学生”

身份居留的关系。两年多后，有德先生毕业回国去了上海。在这期间，他引导我们认识到了自己属于汉民族，我们的祖国是地大物博的中国。他还经常组织在学及来京都准备投考大专学校的台湾青年以及在大阪工业区的台湾技工聚会，宣传他的主张。

谢发楸（1946 年夏报考公费生时摄）

再就是复旦农艺系陈恩凤主任，农学院严家显院长，学术权威陈望道以及史学大师周谷城等教授。由于我是一个来自刚回归祖国的台湾的青年，因而他们对我特别关怀，给予许多教益。在整四年的学习中我深受师长们的熏陶，与他们结下了深厚的情谊。1950 年夏我毕业离校前，师长们热情地鼓励我，还为我亲笔题词赠别（题词缩集见后页）。恩师们的教诲让我受用不尽，我永远怀念他们！

走出校园，我去了香港。当时因台湾当局封锁了对外交通，回乡之路已断，于是留港谋生，创业成家，一住竟住了半个多世纪，还见证了东方之珠——美丽的香港回归祖国。

我们这一代在特殊环境中成长并经历了战争年代的人，每个人走过来的人生道路必是不平坦的，也值得回忆一下。

我 1926 年出生在苗栗县客家人居住的乡村。在殖民统治下，台湾人受尽日本人的歧视、欺辱，被迫接受各种各样不公平的“差别待遇”。例如小学教育实行种族隔离制，台湾小学生必须与日本人分开，去读“公学校”。为防止台湾人有了知识后造反，日本人刻意对台湾人接受中、高等教育加以限制。学校本来就很少，还限制对台湾人招生的名额。当时管辖新竹、桃园和苗栗三个县的新竹州内只有一所新竹中学，该校招收 150 名学生，要优先招收日本人，而且台湾人不得超过半数。因此，在我就读的乡村小学里，成绩最好的学生要进中学都要先读高等科去争取。为了不耽误学业，1939 年我小学毕业时家人把我送入了日本京都的私立中学。当时京都号称日本第三大城市，是明治维新前 1500 多年的古都，有许多名胜古迹和文化艺术机构，是一个风景秀丽的文化城市。以著名的京都帝国大学为首的好几所公私立大专院校，招收由日本各地考入的学生，也有不少留学生。

在我就读的中学，台湾籍和朝鲜籍的学生各占百分之十左右。在法西斯军国主义政府统治下，学校管理异常严酷和专横。尤其在上军训、武道和体育课时，暴力体罚非常普遍。占绝对多数的日本学生经常借故欺辱和打骂我们这些来自殖民地的学生。受到如此的欺凌，又不断听到歧视和侮辱中国人的宣传，令我们台湾同学非常气愤，同时也促进了大家的团结互助及民族观念的觉醒。

我到京都那年的秋末，高班同学邀请我去参加一个台湾学生聚餐会，并说聚餐会上可吃到猪脚及猪腰等猪内脏菜肴。当年日本人是不吃这些东西的，所以他们能廉价买来，与相熟的台湾学生办自己煮食的聚餐会。这是我到日本后第一次参加的 20 多位同乡聚会。其实，此次聚会上最值得我纪念和庆幸的是结识了授予我民族观念的启蒙导师谢有德先生。当时聚会上有一位约 40 岁的中年人在一群围在他身边的年轻人中谈笑风生。经介绍得知他叫谢有德，而且是苗栗邻乡人，还是我的宗世叔辈。一经交谈彼此都倍感亲切，他给了我很大的鼓励。随着战争的激化和劳动力的缺乏，大阪的工厂来了不少被征用的台湾技工。有德先生也把在大阪工业区工作的台湾技工组织起来。我曾去大阪参加过一两次技工们的聚会，并聆听有德先生的“工业救国”宣传。我到大陆之后，了解到了有许多台湾精英前辈们为台湾能摆脱日本殖民统治回归中国而奋斗和作贡献，深感他们是值得我们尊敬和学习的。同时，我也一直尊敬和钦佩有德先生在法西斯统治下的日本，勇于向台湾青年灌输民族意识，引导他们认识祖国，鼓励他们为“救国强国”而学习的精神。也感谢有德先生的教导，使我后来选择以公费生走上内地升学之路。

1997 年夏，迎接香港回归祖国，谢发楸夫妇摄于移交会场（会议展览中心）。

结识约半年后，在有德先生的建议和协助下，我同高班的十来个同学租下了独立的楼房。有德先生通常周末去给我们讲课。他带去中国地图、中国名胜古迹的相片和书籍。他给我们讲中国的地理、历史，进而讲解到中国虽然地大物博，却因国力弱而受到列强的侵略，台湾人民若要不再受日本人的欺凌，惟有中国强大战胜日本侵略者，收复台湾回归祖国才有可能。他认为国家要富强必须大力发展工业，所以鼓励我们修读工科专业，学成后报效祖国。当时我只有 13 岁，是有德先生周围这批学生中年龄最小的，所以特别受到他的关怀和教导。我也十分赞同和拥护他的主张，更确立了作为一个中国人应热爱自己祖国的信念，抗拒各种反华宣传。光复后得悉有德先生由上海回到了台湾，在花莲的台电公司发电所任所长。1948 年暑假，我从上海回台湾时特地前去拜访，久别重逢格外兴奋和欢乐，有德先生留我在山区发电站住了三晚，一起捕鱼和叙旧。此后两岸隔绝，至 47 年后我再度回台湾时，我一直怀念在心的恩师已与世长辞，令我很感遗憾。

我在日本度过了京都五年中学和福冈两年农专共七年的生活。在此期间，时至 1943 年日本的侵略战争已露败相，因劳动力缺乏，生产激降，海外交通受阻等，日本国内的物资供应紧张。尤其是开始粮食配给以后，我们这些无亲无戚，又正在发育期的学生就得挨饿，过吃不饱的日子。转入翌年，配给的一天口粮几乎只够吃一餐，而且还掺一半杂粮。所谓杂粮就是薯类，还有豆饼、豆腐渣等等。当年我已临近升学，还得加紧备考，故颇感困难。为减轻家庭的经济负担，我必须升读公立学校。于是，1944 年我中学毕业考入了公立农业专科学校，只身去了生疏的福冈市，赶四月开学。福冈是九州岛的首府，又称“博德”，有九州帝国大学及一些高等院校，是一座商业城市。在经受了吃不饱的日子后，我决意到乡下去寻找可包膳食的农民租房，结果为了上学需耗时一个多小时赶电车和转汽车。而且几个月之后，原来任吃的饭也变成只可吃一碗，就这样勉强忍至年底。

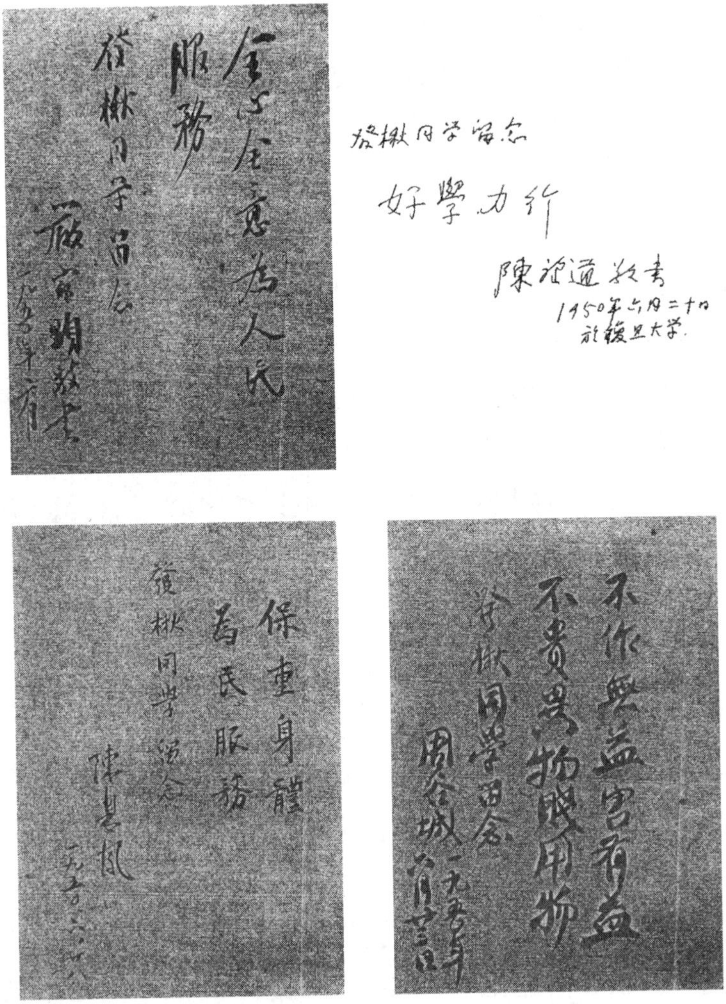

大学毕业寄语

进入1945年，日本的战况和国内状况已陷严重困境，政府颁布了“总动员令”作垂死挣扎。学校因“学生动员令”于2月份就结束第一学年，我被送往离东京东北约200公里的“满蒙开拓义勇军训练所”（在茨木县），接受全国农科和师范科大专学生的集训。严寒二月，经一昼夜坐火车到达东京车站时，当时车站建筑还完好，出现在眼前的城景是正常的。在一个月的集训当中，我瞭望过成群乌鸦般的美机轮番空袭和轰炸。果真，待集训完毕返福冈过东京转车时，车站及城市已成废墟。其实此次所谓集训，是灌输对天皇愚忠的尊皇复古思想，宣传国粹主义。住在用木板搭起的简陋的“日轮兵舍”。晨早听训话，做些动作古怪的古代体操之后，就从事劳动，主要是开垦荒地，种植薯类。在此，我体会到日本政府把过百万人的移民团送往我国前先要经此“训练所”洗脑，使之成为誓忠天皇为日本服务的人，其目的是永久霸占我国东北，将其变成殖民地。

回到福冈，随同学上阿苏山高原（熊本县）与九州岛的农科和师专学生集体开垦。至4月间，我被分配去了大分县市郊的“青年学校”，当农场助理。青年学校是未及服兵役的农村青年的职业培训场所，按青年居区，每周分别上两三次半天课。校长对有农专的学生来帮忙特别高兴，特地把值班室给我住宿，而且把值班费也给我作零用，吃饭也叫我在他家与他家人一起吃。这样确实使我在战争最后期得到了很大帮助，使我在已无家庭经济来源的情况下还能维持生活。因为，当时台湾与日本的交通邮电通讯均已断绝，我既无法与家人联络，也无法得到家里的汇款。

8月15日，终于听到了期盼已久的日本投降的消息。台湾将被归还中国，我极感兴奋和高兴，并思考如何早日回到自己国家的台湾。随着有关战争的动员令的取消，我又回福冈复课，然而还得在毫无经济来源的情况下解决食宿问题。后经多方奔走救助，得到称为“笃农家”（意为老农）的学校农场助教之帮助，我以课余时间帮他耕种农地为条件，获同意在他家食宿。周末假日，我还去以前下乡帮收割时认识的农家，干犁地、拉牛车等农活，这样坚持到年底。

由于受了多年的思想管制和瞒骗，日本的老百姓因突然的战败投降而受到严重的冲击，进而对前途失去了信心，所谓的“日本精神”“大和魂”也瞬即崩溃消尽。人们不顾廉耻，黑市遍地，社会秩序混乱，治安恶劣，涌现出大量的妓女和耀武扬威、横行霸道的美国占领军。目睹战败国的这些景象，使我深感中国必须富强，不能再被侵略。

不久，打听到福冈市出现华侨组织，而且是由居住福冈的台籍人士以新华侨身份主导的。经联系登记后委其安排回台事宜。候至年底，我由博多港上船于年初（1946年）终于回到刚光复的故乡台湾。

2011年夏谢发楸摄于香港。

回到老家，见到自上次暑假已隔三年半的家人，其快乐是难以形容的。举家庆幸我能平安回来和彼此度过艰苦的战争生活而相聚。首先祭祖之外，家父还设酒席邀亲戚朋友和邻居等乡亲庆祝一番。其后，家父给我介绍了日本投降、光复接管至今的情形，并拿出珍藏已久的家谱，谈及乾隆季年来台祖来麟公自嘉应州（现梅州）来台开基，也介绍了割让台湾当年，本乡出身的丘逢甲担任抗日军统领败撤大陆的事，以及其子丘念台当时任国民党省党部主委，前些时还来过本乡祭祖和探望乡亲等等情况。由此看出，与一般老百姓一样，家父充分地表现出对回归祖国的喜悦和期待，也表达出台湾和大陆本来就是一家人的观念。

我回台湾后，最要紧的事是要完成学业，首先上台北向省府教育处办理返台留日学生登记和申请转校。光复后，在台日本人须全部遣返，大批的日籍教师和学生撤走，光复初期的台湾高校出现了缺乏师生的状况。教育处对返台留学生的转校，按学历和学科安排，依志愿接纳了我转入台湾大举农学院的转校申请。但因各高校的升格和学制的改变，需等候至当年9月始能上课。

在此空档期间，正当我寻找学习国语的地方的时候，省立苗栗农林职业学校为了应付4月的开学，邀我去当教师。虽然要至秋季才有新生入校，对这些旧生我也只能以日语授课。这是我第一次就业而收到薪金。我把薪金按月悉数交给家父，以报答多年来供我上学培养之恩。继后，以公费生赴大陆起，我基本上未有再给老家增加经济负担。现在想起此事，我虽未能尽孝，亦稍感安慰。

农校陈克英校长很有学问，操纯正的北京话，待人又谦虚和蔼，是值得尊敬的教育家。他希望我能长期受聘任教，在6月学期结束时送我去了“省行政干部训练团”的教师班学习。正在此时，获悉招收升学内地公费生，我就请假赴考。如愿被录取后，我辞去教职，在“训练团”转入升学内地的公费生班学习，至秋季随这批约100名公费生奔向大陆，与江浓、陈伯熙、林金茎、陈炳薪等五同学进读复旦大学。

复旦的师生都热情地欢迎和接待我们这些来自祖国宝岛的学生。我们五位公费生也友好团结，努力学习，获得好评。复旦校长章益先生在国民党政界有颇高地位，也十分爱护学生。当时因内战激化，靠台湾的公费已难以应付严重的通货膨胀，于是我们五个同学一起去见章校长，向他陈述苦境并请求另给一份教育部的公费，他当即予以批准。后来时局动荡，我们在未有任何省府教育处通告的情况下失去了台湾来的公费，顿成“台湾省府的弃儿”，好在有章校长准予的那份公费，方能继续学业至毕业。章校长是校友，十分爱复旦。当内战迫近，上海的形势紧张时，他支持师生的护校应变，使得全部复旦师生都能平安，又得以留校复课。

我在复旦的四年校园生活里，得到本院系的专家名师和院外的学术权威大师的关怀和教导，又有大批怀着为国为民抱负的同学在一起学习，这深刻影响了我的人生道路。此外，甚感幸运的是我有缘与出生于江南书香世家、在上海成长的复旦同学结了婚。她是我志同道合的伴侣，与我一起创业经营，还理家教子，辛勤工作了一生，于前年病逝。

1997 年，我们迎来了香港回归祖国。1999 年澳门也回归了。至此受侵略而沦为殖民地的中国领土已全部收回，本应出现大中华的统一，但遗憾的是台湾和大陆仍未统一。随着近几年两岸关系的改善，经济合作的发展，尤其是“中国的崛起”，只要台海两岸能在中华民族的旗帜下团结起来，最终是一定能够实现两岸的统一和中华民族的伟大复兴的。

当年我们这些一起奔赴大陆的公费生虽因局势的演变而散居四海，但相信大家都能坚持自己的信念为社会作出贡献，走过各自无愧的人生道路。在此我要向已作古的同学致敬，同时问候在世的同学并请颐养天年。

平凡中愈见不平凡的儒雅公仆

——怀念堂舅林金茎先生

许文彬

林金茎先生是我母亲的堂弟，公元 1923 年出生于台湾省台南县佳里镇子龙里，大我二十五岁。先生出身书香门第，家学渊源，日据时代“公学校”毕业之后，升入“高等科”，其后自修通过“普通文官考试”，出任小学母校——“佳里兴公学校”的教师，为乡里作育英才。其间赢得镇上名医吴近的掌上明珠——吴爱桂女士之芳心而结连理，育有一女四男，均事业有成。

台湾光复之翌年（1946 年），先生通过台湾省行政长官公署教育处举办的公费升学考试，获保送大陆名校——上海复旦大学法律学系。两年后因政局动荡，乃返台转入台湾大学法律学系，于 1950 年毕业，即以优异成绩通过“一般行政”、“律师”、“外交领事人员”三类科高等考试。旋出任公职，服务于台湾省政府民政厅（厅长是连震东先生，连战的父亲），任山地课课长，深入各少数民族部落，了解民情。

厥后，先生转到“外交部门”，历任“台湾外事主管部门亚洲司专员”、“驻日外事处三等秘书”、“驻大阪代表”、“外事主

林金茎

管部门专门委员兼亚太司一科科长”、“驻日外事处参事”。1972年与日本“断交”后，历任“亚东关系协会”东京办事处顾问、副代表、行政主管部门“经济建设委员会委员”、“驻日代表”、“亚东关系协会”会长、台湾地区领导人办公室“国策顾问”。

在驻日期间，先生利用公余之暇著书立说，并先后在日本早稻田大学、亚细亚大学深造，分别获法学硕士学位（1962年）、法学博士学位（1988年）。所出版之日文巨著《梅与樱》，将他亲身经历的日本和台湾省关系的现代史料整理完善；又著有日文版《日华关系与国际法》、中文版《日本国宪法》等书。

先生担任台湾“驻日副代表”一职长达十六年之久，在台日“断交”后，奉命协助处理善后事宜，在无既定轨道与机制可循的困境下，解决了诸多棘手的难题。1993年转正，任“驻日代表”。三年后返台任“亚东关系协会”会长。其任内重要事迹包括：

一、旅日侨胞国籍问题之解决

根据日本入国管理法之规定，外国人申请归化日籍者须先丧失原有国籍。惟归化手续旷日费时，又不见得每件申请案皆可获准，故“断交”后众多台侨人心惶惶。先生洞烛机先，强力交涉，终获日本法务省允予采取特别措施，准予台侨径行申请归化。

林金茎（中）

二、台琉间“同轴海缆系统”之敷设

台日“断交”之后，台湾方面有关国际通信、通话，透过卫星的国际通路恐有受阻之虞，乃规划敷设台湾与琉球间的海底电缆，俾衔接日本海缆系统，以通达全球。先生折冲有成，促成日本 KDD 公司和台湾的“国际电信开发公司”合作敷设台湾宜兰头城至琉球间的“同轴海缆系统”，全长 680 公里，耗时两年，终于1979年7月开通。

三、在东京赤阪“新日本大饭店”火灾罹难之台籍旅客，其遗眷及时获得日本当局合宜的赔偿

韩裔横井英树经营的“新日本大饭店”于1981年2月发生火灾，台籍旅客十多人丧命。先生急电召唤横井会面，晓以大义，并告以愿主动协调台籍罹难者家属接受合宜的理赔，与其他国籍者切割处理，终获同意对台籍罹难者每人赔偿两千四百万日元。

四、原台籍日本兵赔偿抚恤问题之解决

日据时期台湾住民被日本征召服兵役、劳役者多达二十万人，其中伤亡三万余人。台湾光复后，台湾住民已非日籍，因此迟迟无法获得日方支给抚恤金。先生敦促“日华关系议员恳谈会”出面推动“特别立法”，始于1985年在总理府预算中编列“台湾出身原日本兵补偿问题检讨费”，两年之后，正式提出“对台湾住民战殁者遗族等之吊慰金法律案”，经“国会”通过，自1988年起三年内发放遗族每人两百万日元。本案历经十载之折冲，终于完成此一不幸历史所遗留的重负。

犹忆我童年时代跟着母亲到外婆家，常听母亲及外婆提起，附近一栋高耸的楼房上有燕子筑巢，那就是堂舅林金茎的家。堂舅常年离乡在外就任公职，为故乡争光，我从未谋面。后来我读到唐代诗人刘禹锡的诗句：“旧时王谢堂前燕，飞入寻常百姓家”，总会联想到当年堂舅家高楼的境况，“林家堂前燕”，似乎象征着母亲家族的兴旺情景。

1985年8月，我带家人首次到日本东京旅游，曾跟堂舅电话

联系，他正以台湾“驻日副代表”身份接待官方访客，无法分身来看我，于是请秘书带了一本他的著作《梅与樱》到旅馆送我，表达关心之意。后来他于1996年10月返台就任“亚东关系协会”会长，我终于在台北跟堂舅见了面，相叙甚欢。

林金茎夫妇

厥后，堂舅跟我一同获聘为台湾地区领导人办公室“国策顾问”，见面的机会就多了。我们畅谈时局、故乡往事，我感受到他那幽默儒雅的文人气质。可惜天不假年，堂舅于2003年12月不幸病逝，享寿八秩晋一。记得堂舅在世时，常跟我提及他对台海两岸关系的看法，他反对“台独”人士所主张的“正名制宪”、“入联公投”。他说：“台湾人民应该认清客观现实，摒弃‘统独’、‘族群’的狭隘观念，维持现有体制，台湾的未来展望是充满光明与繁荣的。”

2009年4月，我以中华两岸文经观光协会名誉会长的身份，接待以林丽韫为团长的“大陆老台胞返乡谒祖文化参访团”来台参观访问。其中最年长的一位团员陈弘先生跟我提起昔日与堂舅是上海复旦大学住校同寝室的室友，忆及往事，仿佛时光倒流。

然而堂舅已不在人世，无法与老室友重聚，令人不胜唏嘘！

（注：本文有关林金茎先生“驻日”期间史料，承蒙“亚东关系协会”前秘书长郭明山先生协助提供，谨此致谢。）

许文彬简介

1948 年出生于台湾省台南县佳里镇，台湾大学法律学系毕业。曾任台湾高雄地方法院检察署检察官，现任台湾地区领导人办公室“国策顾问”、法务主管部门顾问、律师、中华两岸文经观光协会名誉会长。

忆“公费生”父亲二三事

江 浩

一位台湾老前辈对我说，正在征集文稿，主题是见证台湾光复和公费生，这段历史很重要，你父亲当年是公费生同学会的头头，你要回忆回忆他，写点东西。记忆是零零碎碎的，又是六十多年前的事情，我一时间竟不知道从何下笔。一个朋友建议，先把历史资料拿来读读，应该会有些写作的感觉。匆匆找来一些资料，抽空就翻看翻看，于是，那些鲜活的事情逐步浮现出来。

台湾光复 兴高采烈

父亲江浓1923年出生于台湾嘉义市一个贫寒的家庭，排行老大，家中靠祖父做零工，祖母给别人洗衣服讨生活。日本侵占台湾期间，老百姓生活困苦，米是不能餐餐见得到的，父亲在上小学期间每天带上个煨熟的番薯就算是午餐了。父亲生活的年代是中国大混乱大变革的时代，日本人占领了台湾，却没有征服台湾人的心，台湾人在日本殖民统治者的眼里只能是二等公民，受日本奴化教育，学校里只能学习日本语，台湾话只好在家里讲。

太平洋战争爆发后，台湾实行配给制，粮食少得可怜。父亲身材不高，吃番薯本来就没有什么体力，每天还要在日本教官的训斥下，背着与自己差不多高的三八步枪在操场跑圈。中学的军事训练是日本军国主义统治的典型状态，连十几岁的少年都不放过。

1940 年父亲考取了台北帝国大学医学专门部。当时台湾子弟只能就读医学、工科等少数几个专业。父亲抱着治病救人的理念选择了医科。由于成绩优异，还获得了奖学金。父亲在后来返台探亲的回忆录写道："台北帝国大学医学专门部……是日帝殖民统治下台湾人最好出路的学校，所以入学竞争率高达四十倍左右，与我同期入学的同学是三十名，后来有二十五名同学毕业……这些人现留在台湾九人，去日本四人，往故十六人，在大陆只有我一人。他们有的当学者教授，搞研究，多数人做开业医生。在台湾做医生是收入较高的职业，也普遍受人尊敬。"父亲毕业后留在台北帝国大学医学专门部任教。

1945 年 8 月 15 日，台湾民众听到了日本天皇发表终战文告。日本战败，台湾光复，台湾民众欢欣鼓舞，兴高采烈地重返祖国的怀抱。作为台湾学子的父亲，真正感受到作为中国国民的荣耀和尊严。海峡对岸的注音字母来了，北京的教授来了，听到的是北京话、南京话、宁波话、上海话、河南话，一切都是那么亲切，那么新鲜。

投考公费生　赴内地求学

台湾光复的第二年，为了加强两岸民众的沟通，台湾省政府招考一批台湾青年到内地读大学。看到台湾省行政长官公署教育处的招生公告，父亲动了到大陆进一步学习的念头，于是前去报考。通过招生考试，父亲被录取了，正式进入上海复旦大学新闻专业学习。

1946年11月18日举办升学内地大学公费生同学会成立大会，省教育处副处长宋斐如等五名顾问出席，大会即席通过会章，并选举江浓为该会常务干事，孙荣华、杨威理等十人为干事。并发表《临别告同胞书——台湾省升学内地大学公费生同学会》，全文情深意切，激昂铿锵，意旨深远，发人深省。今天读起来，还具有很深刻的现实意义（文见附录）。

公费生们从基隆到淞沪的旅程并不顺利，父亲在家书里描述："我们搭的民生轮本来二十一日开的，迟了一天开船，……第三天晚上即到吴淞外停船，早晨就溯上黄浦江，一路详见两岸景物，初次接触到祖国山河、人物风俗无不感想。……昨天早上就报到本校，搬进此地宿舍里来。本校已开学一个多月，我们大概从后天（二日）才能上课，今后就为了赶上人家不能不忙于抄笔记等事情。"上海的学习生活对这些来自台湾的青年学子其实是挺艰苦的，语言问题从日语的平假名、片假名到注音字母，教学体制的不同，加之南北方气候的差异，这些没有见过冰雪的台湾青年，面对江南的冬季实在需要适应。父亲在另一封信中写道："自前天起急趋寒冷，据报有百余人冻死，今晨在路上又见泥水结冰。京杭汉已经下雪了。此地同乡会特为欢迎我们……开了一个茶会，上海队同学四十七个都即席参加，我代表同学站起来致辞，给予一般的印象并不错。"

“二二八”事件及台湾旅沪同乡会和公费生同学会的活动

1947年2月28日，台湾发生“二二八”事件，事件爆发后，因当局封锁消息，民众所知不多，直到3月4日，才开始得知较多情况。于是，台湾旅沪六团体（台湾旅沪同乡会、台湾旅沪同学会、台湾革新协会、台湾重建协会、闽台协会、台湾政治建设协会）在台湾同乡会会址召开联席会议，决议组成“台湾‘二二八’惨案后援会”，声援台湾人民的斗争。

“二二八”事件的爆发也打破了台湾学子们紧张的学习生活，自己挚爱的家乡出现如此冲突，台湾同胞怎么办？父亲在3月18日夜给叔父的信中写道：“据报道，后天有飞机往台，现匆忙写一封信请安！这一次台湾‘二二八’惨案必然而然地发生，看上海各报纸之消息，与听台湾之广播消息，其惨烈是史无前例，死亡者听说在万人之列。经过两周余的演变，现在的局势大略着了一段落，可是主要问题解决还留待后面。此间沪台一切交通通讯都断绝，因此我们都关怀故里之动向甚切。大陆的台湾同胞也为此起来工作，到现在还在进行中。”过了一段时间，父亲收到台湾家书，心里很是高兴，回信道：“前些日子，收到叔父和妹妹的来信，这使我欣慰……今天有一些意见记下给你们参考，从光复回来，因为台湾人与祖国文字、人事等隔阂，而使得台人吃了很大亏。结果引起这次事件的发生，这是多么惨痛的一件事情，我们虽然身处在异乡，可是倾心爱着亲爱的台湾的我们也多么痛心，多么关怀！陈仪在台湾所施行的政治上的压迫，经济上的剥削，军事上的统治与文化上的奴化等等许多措施当然是要负大部分的责任的。在另一方面台湾人本身也因为对于祖国的一切——正面与里面，黑暗面与光明面——的了解不够深刻，也是使台湾人受骗的原因之一。为了要消除这方面的不利地位，有志的台湾青年多多到这儿来看，也是一个好办法。我并不是说来这边，甚么都比台湾好，当然这里也有不少短处，可是从整个中国一部分的台湾来着想的时候，这一条路线可以给青年们不少益处，对于台湾本身也是有利的。”关切家乡之心殷切，对事件的反思亦在父亲脑海中久久激荡、升腾。

父亲当时还积极投身参加上海台湾同乡会的活动。旅沪台湾乡亲杨肇嘉、张邦杰、王丽明等人认为“二二八”事件是陈仪造成的，就到南京向蒋介石请愿。台湾旅沪同乡会与台湾同学会随即在上海《文汇报》社召开座谈会，指出“二二八”事件是国民党在台湾的恶劣政治环境造成的。

1947 年暑假，父亲感到只在上海活动因受地域和资讯的限制效果有限，开始筹划回台湾从事宣传活动，以扩大影响，消除误解。他在给姑妈的信里表示：“我现在生活费没有来源，只能出让几本书籍，来充此暑期之最低限度费用。我现在和几个朋友计划一个‘升学内地学生演讲团’去巡回全岛各地，介绍内地情形，大概再几天就可动身，跑三四个星期，然后就要回到上海。”后来父亲与杜长庚等同学回台湾各地演讲，每场都收到很好的反响，新竹一场演讲有近千人到会。父亲在台湾到处奔波了 20 几天，最后只留一天返家探亲。

1948 年 1 月，上海同济大学学生自治会领导机构任期届满，按章程需改选。不料校方压制民主，违背广大学生意志，公然命令旧理事留任，不准改选。当全校学生按正常程序选出新的自治会领导机构后，校方竟无理开除学生干部。此事几经周折，最后导致了学生与军警的大规模冲突，造成了震惊京（南京）沪乃至全国的镇压学生民主运动的“一·二九”事件。作为上海学生运动的重要一支，复旦大学热烈响应，积极声援，同学们上街游行，全力参加抗争活动。父亲和部分爱国同学被国民党当局无理逮捕，关押在上海龙华监狱。经过全上海进步力量的积极营救，父亲等复旦大学的被捕同学无罪释放出狱。

武汉珞珈山“六一”惨案及台湾同学遭枪杀事件

1947 年 6 月 1 日凌晨，武汉爆发“六一”惨案，武汉大学台湾公费生陈如丰被枪杀。事件发生后，反动当局企图掩盖事实，颠倒是非。父亲作为台湾同学会的常务干事，责无旁贷，挺身而出，及时揭露反动当局的残暴行径，力主要真相，要道歉，要尊严，要赔偿。随即于6月3日致函陈如丰同学父亲，疾书写道：

陈批先生大鉴：鄙等为台湾升学内地大学公费生，自去年八月以来与令郎如丰君颇有相识互勉升学，后由教育处分配各校，各分袂负笈就师于内地各大学，而如丰君往武汉大学肄业，已系所知，而本日阅大公报悉令郎因此次学潮被击毙，身亡异城，无辜枉死，竭胜惋悼，兹将有关报章抄记如下：‘［大公报汉口六月一日专电］一日晨三时余有大批军警宪约数百人至武汉大学教授住宅区及男女生宿舍，施行紧急戒严，按照黑名单逐室逮捕共党分子，运走两卡车后全体见状不平，遂齐集起运处与执行者理论力争，企图抢救最后一车被捕者，双方纠缠不清竟至发生冲突，一时该校内外，各

1948年1月上海各界营救复旦被捕师生，江浓（后排右五）等人获释后，在校门前与欢迎的校友合影。

种枪声大作，……政治系一年级学生陈如丰则被击毙于两处宿舍之过通台阶上。陈君台湾人云云。’……本同学会除报章以外未获得武汉大学其他台湾同学之通讯，无法明了显示，但基于本会宗旨已于本日上午向武汉大学台湾同学去电吊问外火速将有关消息奉报足下，其他本同学会已定于本日下午假旅沪台湾同乡会召开临时大会讨论善后办法，尽量采取妥宜措施，以投秋舍悲拂逆所遭何以堪比，然而事已此往人生修短有数，想必烦惘当知西河之流为无益耳，叩请千勿过哀为荷，尚祈。接函迅速回示，以便遵循，专此奉慰，顺请台安。

台湾省升学内地大学公费生同学会（印章）
会员一同泣启

通讯处：上海国立复旦大学江浓

6月5日父亲又修陈同学家书道：

陈批先生台鉴：令郎如丰君于六月一日被流弹击毙，甚为惊骇，远涉重洋负笈就师，竟死于非命，惋惜何堪。本同学会阅报以来，即刻召集在沪台湾同学开临时大会，已于前信奉告，兹将决议事项列下：

一、向武汉大学台湾同学拨电及命其报告详情。

二、同学及有志者捐款抚恤。

三、向教育厅报告，要求其善后（据武汉行辕发言人称拟定每一死者发治丧费一千万元，安家费四千万元，应使之不可诳）。

以上各项已陆续办完，现在本同学会已通知北京、南京、浙江、厦门各同学依照决议事项进行工作，在沪同学已分区募抚恤金。

关于令郎与其他被击毙者已于六月二日收殓，武汉大学亦有七位台湾同学，善后诸事请勿过虑，为盼顺请。

时绥

通讯处：上海国立复旦大学江浓

看到此情此景，叫人感慨台湾同学会之手足情、同学谊之贴心与感人，打理事务工作之高效。6月7日父亲家书函陈如丰父亲陈批告之公费生同学会致各分会函：

各地先生同学们！

今日接到陈如丰同学在武汉大学无辜被击毙消息后，来自武大分会之第一封信，兹特抄印于后。如丰君是我们前来祖国以来的第一位学生者，又是这一次学生运动中头一次牺牲的三烈士之一，本会业已开始后援工作，除发表告台湾书，真相报告书等外，特发起募捐运动，只上海一地即募得数百万元之巨，该运动还在积极进行中，敬请各地先生有所响应并多予援助！

台湾省升学内地大学公费生同学会

（印章）六月七日敬启

接着，武汉有了反馈，父亲及时把同学会湖北分会的消息寄给陈如丰的家人：

关于如丰君被击毙事，足下未知欲采取何种善后步骤？

有无往武汉大学之意，请见复为荷。闻消息，武大当局定把令郎埋于校墓，特建庙祭祀，永留纪念。并附上台湾省升学内地大学公费生同学会武汉分会函：

同学总会：

诸位台湾同学们！今天我们不得不怀着惨痛的心情向你们控诉与报告！陈如丰君已在武大“六一惨案”中被军警的凶手枪杀惨死了。……当我们赶至时，见其身躺在如流血泊中，气绝而已亡！状惨使人不忍睹，后直至盖棺时尚未瞑目，若尚有所诉言！

兄弟们，我们熟悉的如丰兄平日专心谨慎，忠厚诚实，思想纯洁，勤于读书，在校成绩良好，行为无越轨之处，此次亦系热望祖国前来求学，万里奔波，戴劳戴苦，尽欲报效社会，尽忠国家也。呜呼！谁知志未酬而身先死于军警之手，学未成而命已丧？……当局不知作何解释？如丰君犯了什么罪？如丰君欠了什么债？

愤然之余心痛如割，我们为如丰君死尚不瞑目之灵悲哀，同时更为自身而悲痛，去年十一月和如丰君同来，而今仅七人哀归，天下之悲莫过于此，今欲哭无泪，悲痛之余欲诉无言！除呈台教育当局报告情形之余恳请从优抚恤遗族保证今后生活以及充分保障生命安全外，特呈报总会并希转知各地同学。

再言，如丰君殉难者之治丧等善后事宜已由全体师生积极进行中，准备建立纪念碑，并定六月一日这一天为“武汉大学六一惨案纪念日”，且决定如丰君遭难之宿舍门定为“如丰门”，于是如丰君之名永留武大流芳于全中国。

台湾省升学内地大学公费生同学会武汉大学分会

1947 年 6 月 25 日台湾省教育厅谢东闵等官员到陈如丰家中慰问。

江浓夫妇（左二、右二）返乡探亲与台湾朋友聚会。

经过台湾省升学内地大学公费生同学会奔走呼吁，联合抗争，陈如丰被杀事件得到妥善处理。

上世纪40年代中后期，世界反法西斯战争胜利，日本投降，台湾光复，美丽的台湾回归祖国，台湾和祖国大陆关系日益密切，融合成一个完全的整体。当年，父亲作为台湾的莘莘学子之一，为建设台湾，背井离乡，暂别父老乡亲，跨海求学。为回归祖国，满怀激情，热情奔波。为沟通两岸，促进民间交流，消除积怨和误解往返奔走。在祖国大陆潜心学习，努力工作，克己付出。为服务乡亲倾尽全力，付出了极大的心力。为和平、正义、乡情，留下很多感人至深的佳话。今天拙笔二三事呈献读者，以此来告慰家乡，告慰亲人，告慰朋友。并以此纪念台湾省升学内地大学公费生这一具有历史意义的事件65周年。

（作者江浩系中华全国台湾联谊会联络部副部长）

厦门大学

XIAMEN UNIVERSITY

认同祖根　共兴中华

——从台湾回内地升大学65周年感言

郑　坚（郑鸿池）

1945年台湾光复回归祖国。第二年，我们有近一百个“番薯仔”，由刚接受日本投降而新成立的“中国国民政府”的台湾省行政长官公署教育处，经考试录取，登报公告，公费保送到大陆各知名大学升学。是为台湾光复后第一批台湾省升学内地大学公费生（500多人报考，录取100名，实际到校92名）。

这已是65年前的往事了，但因是台湾乡亲以省政府的公帑保送我们回大陆来升学的，故我们仍有责任和义务，将65年来在大陆祖家，亲历和平崛起的感受，继续向台湾乡亲们汇报感恩。这是一个受中华文化教育的耄耋台湾佬的心愿。

见证台湾光复

1946年秋冬，我们从台湾保送到大陆的北京大学、中央大学、复旦大学、暨南大学、同济大学、浙江大学、武汉大学、厦门大学等8所大学和上海医学院。到厦门大学的人数最多，达31

郑坚在厦门大学时（1946 年摄）。

名。因为厦门离台湾最近，都讲河洛话，语言相通，习俗相近。入学不久，国共两党内战的炮火燃遍大江南北。许多同学陆续退学或转学返台。其中，“二二八”事件后回台的好几位同学，为台湾人民的幸福牺牲或遭牢灾。如回台后牺牲的有谢传祖、蔡瑞钦，坐牢的有郑溪北、杨正雄，我们永远怀念他们。有一小部分同学长期滞留在大陆各地，参加祖国祖家的建设。

当年，我们都是土生土长在台湾“番薯园”的“正港”番薯仔（本人 1927 年出生在彰化城西门）。我们对台湾光复回归祖国怀抱，不再做日本帝国殖民统治下的“二等国民”，恢复中国国籍，恢复祭拜列祖列宗的神圣权利，恢复做堂堂正正的中国人，感到无比的骄傲（我们郑家是跟随郑成功从大陆的福建省南安市石井镇入台开拓的，已在台繁衍十多代）。我们都是台湾光复回归祖国的历史见证人。当年，我们是抱着振兴大中华、建设新台湾的满腔热血，离开台湾家乡和亲人，回到大陆祖家来升学的。

65 年来，我在祖国大陆，未能直接参加新台湾的建设，但却能与祖家的乡亲一道，直接投身于振兴大中华的宏伟工程的建设。亲身经历了祖国——一个世界上人口最多的、贫穷落后的、受尽帝国列强百年欺凌几近亡国灭种的国家，历尽艰辛，一步步快速崛起，成了全球第二经济大国。这是震惊全世界的世纪大事，也是让海峡两岸中国人都扬眉吐气、无比自豪的盛世大喜事。

解放就是工农大翻身

我们在来到大陆祖家不到三年的时间里，就亲眼见证了中国共产党领导中国人民解放军，靠小米加步枪，战胜800万有美国飞机大炮武装的旧政权的军队，解放了大陆950多万平方公里的中华大地，建立了人民新中国。

什么是解放？解放就是咱台湾乡亲渴望的“出头天”，人民翻身当家做主人。就是以工农劳苦大众为主体的人民，彻底推翻依附帝国列强的旧政权，赶走百年来欺侮中国人的帝国列强势力，实行“耕者有其田”的土地改革，建立以工农为主体的人民新政权——中华人民共和国。

穷苦工农最热爱共产党

小米加步枪的人民解放军，怎么由小变大，打败有美式装备的数百万旧政府军呢？核心和关键就在于得到受尽剥削的劳苦工农大众的拥护。

中共从九十年前成立至今，党章党纲始终写明“中国共产党是中国工人阶级的先锋队”（改革开放以来，随着中国社会经济发展的大变化，调整为：“中国共产党是中国工人阶级的先锋队，同时是中国人民和中华民族的先锋队”）。因此，中共始终代表以工农为主体的全中国人民的根本利益。在大陆祖家，越穷越苦的工人农民，越热爱共产党。中国人民解放军，就是在工农红军的基础上建立的。为了建立人民新中国，牺牲的共产党人有名可查的就达370万。“没有共产党，就没有新中国”是大陆普通工人农民发自内心的呼声。

帝国列强为什么反共反华

一二百年来，帝国列强就是靠军舰大炮侵略、掠夺落后国家而发财致富的。他们在世界各地耀武扬威，在中国贩卖鸦片，火烧圆明园，在上海公园公开标示“华人和狗不得入内”，制造南京大屠杀……简直是无法无天，“吃人够够”。而中国共产党奋起领导工农闹革命，把他们赶出了中国大地。正如解放了的大陆人民高唱的：“帝国主义夹着尾巴逃跑了！”这怎能让帝国列强容忍？更不能让他们容忍的是，中共还号召各国工农劳苦大众都起来革命，推翻旧世界，要在全球实现共产主义。这还得了？这就是帝国列强一贯坚决反共反华，一定要扼杀人民新中国的根本原因。

帝国列强要扼杀人民新中国，必须编造一套欺骗世人的说辞。这就是所谓的“共产党独裁专权”、“大陆没有民主自由”、“不尊重人权”等等。实情就是中共领导人民把在中国“自由卖鸦片”、“自由烧圆明园”、“自由屠杀南京几十万平民百姓”的东西方帝国列强都赶出了中国大陆，对帝国列强及其代理人实行人民民主专政，彻底剥夺了帝国列强在中国大陆杀人放火、横行霸道的“自由权”。

不会“无厘头”跟着反共

帝国列强几十年来千方百计反共反华，软硬兼施。想通过朝鲜战争将战火烧过鸭绿江，想支持逃台的旧势力“反共复国”，想利用中共所犯的“文革”错误，……但都未能得逞。为什么？秘密依然在以工农为主体的人民大众身上。在中共领导下，他们已经翻身当了国家主人，生活不断改善，日子越过越好。因此，他们坚决拥护中国共产党，誓死捍卫人民新中国。经过几十年的较量，中共和新中国不但没被打倒，反而和平崛起，把英、法、德、日等老牌帝国列强都超越了！我深信，咱台湾的工人、农民、渔民等劳苦百姓，若了解中共是真心为普通黎民百姓谋幸福求解放的，就绝对不会“无厘头”地跟着反共。

改革开放：符合国情的富强之路

在一个占世界人口 1/5 的贫穷落后的中国执政，而且是在帝国列强联合反共反华的严峻形势下为民执政，犯错误不可免。但中共是由真诚无私、立党为公的精英领导的，敢于承认错误，善于总结经验教训，终于找到了改革开放这样一条符合中国国情的具有中国特色的社会主义道路。

中国人口多，底子薄，不可能超越历史急奔共产主义。“发展是硬道理”，必须通过改革开放，利用西方的资金、科学技术

郑坚投下两岸直接通邮的第一封家书。

和经验，先让工人农民能充分就业，先解决温饱问题。改革开放后已有两亿多农民进城务工，基本摆脱贫困，逐步奔小康（其规模相当于台湾总人口的十多倍）。改革开放30多年来，国内生产总值（GDP）年均增长9.890，被誉为“人类历史上最大规模的经济革命”。13亿中国人的平均寿命，已从新中国成立前的41岁增加到74岁。中共领导13亿中国人民站起来、富起来、强起来的“中国道路”、“中国模式”，正引起全球各发展中国家普遍的关注。

21世纪：中国人的新世纪

进入新世纪，我们的大陆祖家——人民新中国这条东方巨龙，在头十年就连跳四级，超越英、法、德、日四个老牌帝国，成为第二经济大国。

特别自三四年前，称霸世界的美国引发全球金融海啸以来，欧洲各发达国家都受到沉重打击，至今债务危机难解，金融市场动荡，形势依然严峻。中国经济虽在出口方面也受到冲击，但凭着有中国特色的社会主义制度的优越性，正在向内需型转变，五年内居民工资实际收入将翻一番。中国经济仍将继续稳步发展，成为引领全球经济复苏的火车头，则是世界主流专家学者的共识。最让世人惊奇的是，原先是世界上最贫穷落后的大国，如今竟然成为全球最富有的霸主美国的最大债权国。中国在迅速崛起，美国在逐步衰落。形势比人强。

如今，中美两大经济体，已水乳交融，和则双赢，斗则俱伤。中美建立合作伙伴关系，为拯救世界性经济大危机而同舟共济，已成为两国精英的主流共识。19世纪是英国人的世纪，20世纪是美国人的世纪，有人预测21世纪将会是中国人的世纪，也有人预测21世纪将是中美两大国既合作又竞争的新世纪。

2007年，郑坚于台湾光复纪念日在北京人民大会堂台湾厅郑成功像前留影。

总而言之，世界正在发生历史性大变化。世界上最大的中美两大国，已由几十年前的死敌对，逐步地向合作伙伴关系的方向转变。此时此刻，我们台湾乡亲应如何主动掌握自己的前途命运呢？是继续投靠美国，充当对抗大陆的任人摆布的“棋子”呢？还是两岸一家亲，振兴中华当主人，并在中美发展合作伙伴关系中发挥“推手”作用呢？

认同祖根　共兴中华

咱台湾，自古就在中国版图之中。这是全世界各国公认的历史事实。咱台湾乡亲多是三四百年来，随颜思齐、郑芝龙等“唐山公”，从中国大陆“唐山过台湾”，来到台湾开发的。三百多年前，当西方称霸海洋的荷兰人一度侵犯我台湾时，民族英雄郑成功率领大陆祖家的乡亲，“逐荷夷”，收复祖先开发的根基。经明清两代二三百年的开拓经营，一百多年前，咱台湾就已经是中国最先进的省份之一。由于满清后期腐败落后，咱台湾不幸被日本帝国强割去了50年（东北三省也被强占了14年，并成立了“满洲国”）。但随着抗日战争的胜利，早在60多年前（1945年），咱台湾就光复回归祖国。日本人扶持的所谓满洲国也消亡了，东北三省也回归祖国了。咱台湾和东北三省的同胞都同时恢复了中国国籍，成为堂堂正正的中国人了。这是清清楚楚的历史事实，谁也无法改变。

因此，国家主席胡锦涛非常诚挚地向咱台湾乡亲说：“两岸同胞是血脉相连的命运共同体，包括大陆和台湾在内的中国是两岸同胞的共同家园”，“两岸统一是中华民族走向伟大复兴的历史必然。海内外中华儿女紧密团结，共同奋斗，祖国完全统一，就一定能够实现”。我深信2300万台湾乡亲，多是中华优秀好儿女，怀有中华民族的自豪感和责任心，一定不会辜负胡锦涛主席代表祖国祖家13亿骨肉兄弟的深情期望。

这就是一个65年前，由光复后的中国台湾省的政府，公费保送回大陆升学的84岁老“番薯仔”向岛内乡亲们感恩的肺腑之声。

郑坚简介

原名郑鸿池，1927年出生于台湾彰化西门。1945年春参加抗日台湾义勇队；1946年秋考取台湾升学内地大学公费生，保送入厦门大学。新中国成立后，曾任十兵团台湾干部训练队队长、福建省农业厅科长、福建前线广播电台副总编辑、中华全国台湾同胞联谊会副会长、福建黎明大学校长等职。全国政协六届委员。

到大陆升学公费生彭腾云

林丽韫

今年正值建党90周年，又是台湾光复后第一批公费生到大陆升学65周年。但彭腾云同志于5月10日突发心脏病不幸逝世，没能和同志们、同学们喜迎这两个重要的纪念日。

公费生中的老同学陈弘同志要我替彭腾云写一篇纪念文章。拿起笔来，回想起我们共同生活中了解的他的生平，有许多值得书写的内容。

1925年3月老彭出生在台湾苗栗县三义乡。该乡以雕刻而出名。他家的后面就是山，到了春天，树林葱葱绿绿的，满山遍野的杜鹃花及各种野花相继绽放，非常美丽。直到老年，故乡的美景在他的记忆中依旧鲜明。

日本殖民统治时期台湾百姓生活困顿，彭家的生活是靠在村公所做文书的父亲的微薄工资维持。老彭的父亲很重视子女的教育。大姐、二姐当护士，大哥念商业学校，二哥就读工业学校，他们工作后帮家里继续供弟弟妹妹上学读书。13个兄弟姐妹中，老彭排行老八，自幼深得父亲的期许，希望他能上大学，能“出人头地”。13岁时老彭上了台中一中。该校的生源主要是台湾人子弟，但老师全是日本人。在学校里一句闽南话都不许说。有一次在操场与同学玩时，老彭脱口说了闽南话，日本教师就把他叫到办公室打了几个巴掌。当时在台湾社会，日本人歧视、侮辱中国人是家常便饭。家中的教育，让年幼的他从来未忘记自己是一个中国人。

1945 年日本战败，无条件投降，台湾光复了。台湾人都为能重新做中国人而感到欢欣鼓舞，家家户户宰猪宰羊祭祖，放鞭炮。光复后一段时间老彭找来国语书自学，一心要把国语学好。不久，从台北传来台湾省教育处招考保送大陆国立大学公费生的消息，总共要招 100 名学生。目的是为将来培养一批本地干部。老彭以优异的成绩考取了公费生。由于当时大陆时局不稳定，他的四哥远赴泰国下落不明，父母无论如何都不肯让他们最疼爱的儿子赴大陆求学。但在日据时期饱受殖民统治之苦的老彭认为，只有尽快把国家建设得繁荣强盛，才能抵御外国的侵略。因此，赴大陆求学的念头始终没有变。当时，报名上厦门大学的公费生有 31 名，其中就有老彭和郑鸿池（郑坚）同学。1946 年 11 月到厦门大学报到注册时可以自由选择专业，老彭选择了航空系。他认为，中国要强盛就必须发展航空业，需要大批航空人才。

1947 年 9 月，也就是老彭到大陆学习第二年，中国人民的解放战争得到广大爱国学生的热烈声援，爱国民主学生运动风起云涌，老彭和厦大的许多同学都积极参加。他在参加学生运动中，受到启蒙，认识到只有共产党才能救中国。遂于 1948 年 1 月，由郑坚同志介绍，加入中国共产党。在党组织的学习活动中进一步读了毛主席的著作《论联合政府》、《论持久战》、《土地法大纲》等，革命思想更加坚定。这一年暑假过后，老彭收到父亲病重的消息，经请示组织同意，于 11 月回到台湾看望父亲。1949 年初返回厦门前，老彭对父母说是要做一次环岛旅行，但母亲已察觉老彭要重返厦门，哭红了眼睛，默默望着他离家而去。不料这一次离别竟成为生死之别，此后老彭和家乡的音信断绝了34年之久。老彭走后，国民党军警曾到家里要抓他。二哥彭紫云机灵地应对，军警搜查无获而归，以后再没有去骚扰。

回到厦门后，老彭参加了当时的闽中游击队，随后参加了解放厦门的渡海战役。1950年，老彭调到十兵团台训队。不久，朝鲜战争爆发，台海形势发生变化。新中国决定建立空军，老彭和厦大航空系毕业的同学被一起调往北京空军工程部。他被安排到专门培训空军地勤人员的第六航空学校学习，毕业后正式分配到机场处歼击机科当助理员。然而1953年开始，在“整党”、“肃反”、“反右”等一系列政治运动中，老彭因台湾关系成为审查对象，并被调往空军的基层工厂工作。尽管那段时间他受到不应有的歧视，内心存在许多不解和疑惑，但他却从未改变他少年时立下的志愿：学好本领，建设祖国。他凭着自己出色的工作成绩，很快由普通技术员升任车间副主任、技术科长等职务。好景不长。不久“文革”开始了，老彭又一次受到冲击，被免去一切职务，并下放东北的农场改造。农场的生活条件、劳动条件都很差，冬天是冰天雪地，对他这样出生在台湾并长期生活在南方的人来说，需要有较长的适应过程。他以顽强的精神面对一切困难，农场的工人中有不少是职工家属，只能从事简单生产。老彭把农场破旧得无法修理的拖拉机改装成推土机，实现了“初级机械化”，获得了成功。农场的职工们都十分敬佩，他竟有这么大的本事。此后，他被调到河北石家庄的5721厂任科长、副厂长等职务。“文革”结束后，中国侨联恢复活动，安排老彭担任了河北省侨联的理事。他还被推选为河北省的台籍党员代表，参加了全国台湾省籍党员代表会议，与来自全国各地的台胞代表相聚。

当时，对台工作在党中央的领导下加紧开展，中央人民广播电台对台广播部门积极组织台胞写信和写广播稿，与家乡的亲朋好友沟通联系。老彭的七弟彭景云听到大陆对台广播（当时只能偷偷地听）播放的老彭寻找父亲的家书，马上把这难得的信息告诉二哥紫云，紫云立即与旅美的三哥瑞云联系，瑞云通过时任中国驻美使馆一秘的吕平同志（也是第一批公费生），终于和离散多年、生死不明的老彭取得了联系。老彭是父母最疼爱的儿子，他再次赴厦门后断了音信，使父母非常牵挂。每当家人团聚，哥哥们有意谈起老彭，父母总是沉默无语。对老彭来说，未能再次回台湾为父母尽孝，成为他终身的遗憾。

1981 年 12 月，老彭调到北京参加中华全国台湾同胞联谊会（简称全国台联）的筹备工作。全国台联正式成立后，他担任专职副会长，分管台胞部和联络部的工作。中央对台领导小组的组长邓颖超、副组长廖承志同志非常重视落实台胞政策，要求全国台联抓紧贯彻中央 38 号文件。在平反冤假错案的过程中，也要为那些含冤去世的同胞恢复名誉。这项工作成为全国台联成立后头三年的首要工作。老彭和时任台胞部部长的徐兆麟及全体台胞部的同志怀着对台胞的深厚感情，为落实好党的台胞政策做了大量的工作。

在做好常住大陆台胞工作的同时，全国台联也开始为开展海外和岛内联谊工作积极做准备。1983 年 2 月，全国台联在广州召开了首次联络工作会议，广泛联谊海外乡亲，通过海外与岛内乡亲沟通。通过联谊活动，广大台湾同胞了解到大陆的实际情况和大陆的对台方针政策。同时全国台联也借由这一思路了解广大台胞的心声，把它反馈给中央有关部门。时任联络部长的林钗同志给老彭的工作有力的支持。她是在台湾“二二八”事件后同丈夫一起来大陆，长期在东北鸡西煤矿工作。1981 年她也参加了全国台联的创建工作。

1982 年，全国台联接待旅美台胞林宣狮，在交谈中，老彭得知他与三哥彭瑞云颇为熟悉，两个人一见如故。林宣狮在全国台联和海外的党外（国民党外）人士的沟通中发挥了积极作用。此后不久，老彭又接待了旅加拿大台胞郭焕奎教授。在对台领导小组的指导下，全国台联努力做好郭教授的接待工作。郭教授回加拿大后，积极联络在海外从事国际政治研究的台籍学者，参加1983年8月由全国台联会同社科院台湾研究所联合举办的“台湾之将来”学术研讨会。与会的海外台籍学者包括加拿大的郭焕奎、肖欣义，美国的林宗光、范良信、田弘茂，日本的刘进庆、涂昭彦，澳大利亚的丘垂亮，德国的张宗鼎等人。国内出席的有社科院、北京大学、厦门大学的专家学者，还有大陆台籍学者朱天顺、郭炤烈、廖秋忠、周青等人。这次研讨会为海内外学者建立了沟通交流的渠道。会议闭幕时，主办单位在全国政协举行茶话会，邓颖超大姐和杨尚昆（时为中共中央政治局委员）亲临茶话会听取学者意见。这是新中国成立以来首次在北京举行的海内外学者参加的台湾问题研讨会，引起了各方的极大关注，海外媒体予以高度评价。这次研讨会的举办也使更多的海外乡亲了解了全国台联这一大陆的台胞乡亲团体——台胞之家。1985年“台湾之将来”研讨会是在与台湾一水之隔的厦门举办的，参加的学者更多，更广泛。1983年，第十届世界台湾同乡会年会在美国召开。老彭以全国台联副会长的身份参加这次年会。临行前廖承志同志指示说：“要解放思想，不要讲官话、套话、大话。要让海外台胞了解大陆台胞，了解大陆情况。”这使原本心中无底的老彭增加了信心。老彭向海外乡亲讲述了自己在岛内度过的少年时代，到祖国大陆参与革命和建设，大陆在新中国成立后日新月异的发展。会上也与海外台胞交换了对祖国统一的看法。尽管其中不乏争论，但老彭的真诚与友善，还是让这些海外乡亲对大陆有了一番新的认识。老彭的感受是“无论我们和这些台湾乡亲之间有怎样的隔膜，毕竟我们是同乡，是骨肉同胞，这就足以让我们可以坐下来交谈，增进相互了解”。全国台联创立初期的联络工作为以后开展对海外和台湾岛内的联谊打开了良好的开端，这其中有老彭的辛勤工作和积极贡献。

彭腾云林丽韫夫妇2011年摄于浙江。

老彭离休以后，依然关注海峡两岸形势的发展，关心对台工作和全国台联事业的发展。全国台联需要他参与的工作，他都努力去完成任务。

老彭的一生，是奋斗的一生，光荣的一生；他与我们永别了，我们失去了一位好党员、好干部、好同志。他的爱国、爱乡的思想情怀将永驻人间，永远活在我们活着的人们的记忆之中。

（作者林丽韫系彭腾云夫人，台中清水人，曾任中共中央委员、全国人大常委、全国妇联副主席、全国侨联副主席、全国台联创会会长，现为海峡两岸关系协会顾问。）

台湾光复前后

张克辉

我原名张有义，1928 年出生于台湾彰化市西门口张厝。当时，彰化市是只有三四万人的小镇。张厝周围全是田地，生产稻米、甘蔗。我是在农村长大的。小学毕业，进彰化商业学校，后就读台湾师范学院先修班。1948 年幸运考上大陆的大学，进入厦门大学学习。此后我一直留在祖国大陆，为振兴中国服务。

一

1945 年 8 月 15 日，日本宣布无条件投降，结束了对台湾长达 50 年的殖民统治。不少台湾人家焚香祭祖，禀告列祖列宗在天之灵。锣鼓动地，爆竹喧天。

台湾光复前半年，太平洋战场形势起很大变化。在日军大势已去的情况下，全台湾中等学校三年级以上学生被强征入伍。正上四年级（即高一）的我，也当了可怜的少年学生兵。

少年学生兵生活很苦，没有一天吃饱。我就抓青蛙吃或钻到甘蔗田里啃甘蔗。胆大的同学还偷吃厨房的食物。武器是旧步枪

青年张克辉

和枪刺。子弹由教官控制，听说每人只有十五发。没有机枪、手榴弹。衣服、鞋子自带。新分配来的见习军官，没有军刀、手枪，两手空空。他对我们学生说："等你们被打死后，我就拿死者的枪去打敌人。"所以，我们自称"败残兵"。

8月15日日本天皇接受盟国的《波茨坦公告》，宣布无条件投降的广播，我们学生兵是在大甲乡大安村的驻地听的。但第二天日本军官又传达谁都不相信的台湾军方决战到底的命令。当晚，父亲和妹妹突然来到偏僻的小渔村，让我大吃一惊。父亲和妹妹反复地说："天皇都投降了，万一还要打，你不能为日本人去送死，一定要活着回来。"我十分感动，热泪盈眶，坚决表示"不当日本人的牺牲品"。

十多天后，我们结束了学生兵生活，回到彰化商校。可笑的是，最后一次集合时，教官还宣布除病倒的同学外，全部提升为"一等兵"。此时，我们同学才知道，原来我们有军衔，是最低的"二等兵"。回家看到被轰炸过的我的住房，幸好当时我不在家。

二

日本投降后，台湾社会的变化是巨大的。我们学生都感到语言方面首先要中国化，努力去日本化，但实在不容易。对于从小学日本话的我们，中国国语是非常难学的。当时，我校一日本人教员在大学时学过一些中国话，学校就叫他来教，其他学校也请他去讲课。但他的水平实在太差了，几天后就没有学生听他的课。没有老师教国语，学生就自己买《自学国语》小册子，互相高声朗读："你好吗？好久不见了。""谢谢，我很好。""我是中国人，你是中国人吗？""是的，我是中国人。"……

我学唱的第一首祖国歌曲是《义勇军进行曲》。1945 年秋，我放学路过彰化孔子庙，听到激昂的歌声。我进去看，一个大学生教一群中学生学唱唤起四万万民众的著名的《义勇军进行曲》，一个女中学生在弹着风琴伴奏。尽管当时我们都不会汉语，歌词还是用罗马字拼音的，但我们高声地唱，激起了爱国主义的豪情。不知什么原因，不久当局禁止唱这首爱国歌曲。

几个月后，学校来了国语教员。学生的学习热情很高，教员也很认真。但有的从大陆来的教员，对台湾学生的爱国心，戒备多于理解，随便说到"清国奴"一词。也许他要学生好好学习中国话，不要说日本话当"清国奴"，但学生听不懂他的全意，对他产生反感。学生集体向他抗议，互相语言不通，学生不知他讲什么，只听到"奴化教育"、"清国奴"几个词语。站在他面前的同学可能怕被他伸出的手打着，轻轻地推了他一下，他竟摔倒在地上。学校要处分这位推倒老师的同学，我们坚决反对，说他是出于自卫。不久该国语教员离开了学校，此事也就不了了之。

张克辉近照

三

1946年，社会上气氛相当紧张。台湾人民反对台湾国民党当局暴政的愤怒声处处都能听到。1947年2月末发生了“二二八”事件。事件之后，当局派军队开始大搜捕。我跑到大肚溪上游的姑姑家“避难”，直到局势平静才回家。有“台独”野心的人，则把事件说成是台湾人民要求独立的觉醒。这个论点违背历史事实，我们作为见证人，要义正词严地加以披露。

“二二八”事件使我更关心台湾政治前途。比我高一期毕业而就读台湾师范学院的肖金堆学长（后改名肖翔文），多次与我交流作诗与创作日本和歌（短歌）的心得，并给我推荐了《潮流》杂志。我写了数首自由诗投稿《潮流》。《潮流》受到著名作家杨逵先生的热情关怀。当时，《潮流》主掌编务的是张彦勋、朱实两位青年作家、诗人。任台湾师范学院学生会宣传部长的朱实，白色恐怖时被通缉撤退到大陆。现健在上海。1946 年，我刚从彰化商校毕业后不久，到彰化鹿港秀水乡同班同学施火生家。其父给我讲了当地农民反对日本军方修机场的故事。农民反对战争，热爱土地，忘我利群，团结一致对抗日本军方的精神，令我十分感动。于是，不会中文的我，用日文写成一万字左右的小说《农民》，寄给朱实学长，请他修改处理。1949 年初我在厦门收到朱实学长寄来 1948 年 12 月刊登在杨逵先生主编的《力行报》所属《新文艺副刊》上，翻译成中文的《农民》，分上下刊登在两张报纸上。不久我秘密离开厦门，这两张报纸也丢失了。

最近二三十年来我积极寻找这两张报纸。虽找到《新文艺副刊》，但均缺刊登《农民》的那两张。直到前年，我才知道《农民》原手稿收藏在台湾文学馆，就请著名作家李昂把复印的四十多页手稿领出来，我马上再自己翻译为中文。《农民》手稿是杨逵先生留在其家个人档案里的。他逝世后，其家属把他保存的其他作品原稿交给了台湾文学馆。我感谢杨逵先生和台湾文学馆保存我的《农民》手稿，不然它早就消失无影了。

四

1947 年夏天，彰化市教育局在彰化公园的戏院——彰化座，组织一场演讲会。上台演讲的是几位正在大陆念大学的台湾当局选派的公费生，有杜长庚、江浓、许梦雄（后改名徐萌山）、郑鸿池（后改名郑坚）等。从他们的演讲中，我知道了大陆青年正在为争取自由民主而斗争，意识到新时代的青年应该肩负起改造社会的职责。会后，我们几个青年同学还到孔子庙讨论人生的理想和前途。从那时起，我心里萌发了回大陆大学求学的念头。

不久，肖金堆学长来信告诉我，师范学院先修班招生，要我去报考。我马上去台北参加考试。

在台北生活念书一年后，我更下定决心要到大陆上大学，看看新世界。当我接到厦门大学入学通知书时，没有想到小时候经常给我讲“我们来自唐山”的祖母，向我提出结婚后方可去厦门的条件。我无法接受这条件，她就要我去请旨妈祖后决定。我只好同意。第二天，祖母带我去妈祖庙南瑶宫，她默祷后掷筊杯，头一次是“笑杯”，后连三次是“信杯”。祖母说：“妈祖恩准了。”几天后，我离开故乡彰化到厦门念书。1949 年后两岸长期隔绝联系，祖母一直相信我健在大陆。

我母校彰化商校的同班同学，考上厦门大学的包括我有三人。其中郑丕铭因祖母反对没有来，张芳盛与我同来。厦门临解放前，张芳盛同学被父亲强迫回了台。在校期间，先两年从台湾来厦门大学念书的表哥郑坚（郑鸿池）介绍我参加中国共产党地下组织。当时他是厦门大学地下党总支部负责人之一。我入党不久，到了福建内地的共产党游击区。也许是爱国的台湾前辈对这块红色土地的贡献（他们中绝大多数人已牺牲），组织上给了我重任，让连普通话表达都困难的台湾省籍学生直接担任连长、政治指导员，把一个独立连队的存亡荣辱交给我。两年短暂的军旅生活之后，我不断学习，从基层工作做起，做过统战、侨务、外事、政协等工作。

二〇一一年九月

张克辉简介

1928 年 2 月出生，台湾省彰化人。海峡两岸关系协会顾问、全国台联名誉会长、妈祖文化交流协会会长、全国政协原副主席、中国和平统一促进会会长。历任中共福建省委常委、省委统战部长、省政协副主席、国务院台办副主任、全国台联会长、台盟中央主席、台盟中央名誉主席。其创作的电影剧本《台湾往事》、《云水谣》等被拍成电影后荣获中国电影华表奖、金鸡奖等多个奖项。

照片失却　友情长存

李克世（李锡恺）

回首过去，往事历历再现。我辗转六十载又三，今已是夕阳八旬有余。

“你们这不是同性恋嘛！头靠着头，同穿茄克衫，好亲热啊！令人羡慕，感慨无量！”同寝室的同学张芳盛颇有所感地评论我和郭铭川的双人纪念照，当然，脱口而出的是日语。在1948年底一个朔风凛冽的夜晚，他放下手中捂着的热水杯，接过我给他看的照片。他之所以如此羡慕，是有原因的。他与同寝室的另一名校友（我们寝室仅有四张床）、同为经济系的张有义（后改名张克辉）为彰化商校同窗，还是姑表兄弟，但就是从厦门大学鼓浪屿新生院宿舍（原日军博爱医院）去皓月园的教学楼，每天需走四五百米来回的海岸小道，他们也难得相约一起走；而我和郭铭川仅为同系，又不是来自同一个县市、同一个中学，他是来自台南二中的，我是彰化中学的，非亲非故，仅有一个学期同窗，却形影不离同进同出，就是节假日参加中共地下党外围组织的海音歌咏队活动也在一起。这样便于在听课、社团活动时，人们讲话快了没听清，事后好相互回忆补充。尽管如此，我们要消化听

李克世于台湾淡水中学三年级时摄。

课内容，争取及格，仍需大陆同学的帮助。这时，同为政治系、闽南籍的叶勇全，慷慨地伸出援助之手，每天课后将笔记本借给我们誊抄，还教我们普通话，怕听不懂就不厌其烦地重复，直到我们点头领会，而他也顺便向我们学几句日语。这还不够，我们又每周抽两个晚上一起到既是语文专家又略懂日语的黄教授家里听他讲日语——闽南语——普通话的语言内在联系，以便更快地掌握中文知识。所以，虽然仅有短短一个学期，我们两人却形影不离。

1946 年暑期，台湾省政府发布公告，在台湾招考保送大陆高等院校公费生，分赴几所主要大学就读。没想到这些公费生到了大陆，很快受到如火如荼的进步学生运动的影响，纷纷参加“反饥饿，反内战”的斗争。1948 年暑期逐改公费为自费，招考保送 16 所国立大学的“赴大陆高校自费生”120 名，报名者多达 600 人。因为在台湾大学招生之前，有不少人两校都报考，以致竞争率高了一些，竟有郭凤蓉（女）在“自费生”中先被录取到厦门大学法律系，却留到后录取的台湾大学念书。否则，我们来厦门大学的17名自费生（在册）不至于是清一色和尚，还能有一枝花。她台大毕业后从政，上世纪九十年代甚至当选了国民党中央常委。

我一心想摆脱台湾蒋介石政权袭用日本殖民统治的衣钵、进行变相殖民统治的枷锁，执意不报考台湾大学。一起报考“赴大陆高校自费生”的结拜兄弟、淡水中学的同学黄份成劝说我，为了保险，随后也考台湾大学如何。我誓不留台湾，不当新的“二等国民”，只报考“赴大陆高校自费生”，执意要到父亲曾经从事革命活动的有缘之地——厦门上大学。于是第一志愿是厦门大学政治系，第二志愿是厦门大学经济系（当年上海复旦大学、广州暨南大学两校均一反过去，不招台湾学生，我也就无法报考到父亲所在的上海学校）。

当年，虽说日本投降后大家学中文已近三年，但汉语水平还不及初中生，除了国文、作文外，历史、地理、政治（三民主义）试卷均以日文出题，以日文答卷。我被录取到国立厦门大学政治系，在注册期限前一天才抵达厦门。报到时安排到鼓浪屿新生院宿舍最后剩下的一间203室，已有先到的经济系张有义、张芳盛两人。虽说不同系，却因为他们两人是彰化商校毕业的，我是从隔壁的彰化中学毕业，或多或少有些共同话题。过两天，本寝室又分配来新到的最后一名，且是同为政治系的郭铭川。我喜出望外，可有个室友加学友了。我陪他去注册，叫他选修与我同教授的课程，从此日日夜夜在一起。他性格既开朗乐观又富有诗意情感，与我甚是合得来。

1949年1月，学期将结束，我按父亲嘱咐拟回上海过春节，早日迎接解放，旋而借读留在上海。我邀郭铭川同往，心想多负担他一人经费，父亲也会允诺的。他也答应了。可他是长子，其

1973年时任中共中央政治局委员、国务院副总理方毅（左）亲切接见李克世。

父要他回台南。因为台湾与大陆的汇兑由于内战时断时续，学费、生活费无保障，他准备先回台湾过完了年再作打算。我们都预感到或将成为长久的离别，珍惜仅有一学期的诚挚、炽热的友谊，不约而同地散步走鼓浪屿小街，进了那里唯一的照相馆，两人头靠头，照了一张如文章开头叙述的终生难忘的纪念照。我们又相互在留给对方的照片背面签名留念。

这是一张我一生中最为满意的青年纪念照，我一直带着不离身。1991年，我就任日本汤浅矿产株式会社驻厦门（贸易）代表处首席代表，从日本运回厦门的小集装箱里，连同空白相册（劫者瞄准的是空白自粘贴相册，当时中国市场无供货）及其他珍贵历史纪念照片都丢失了。这些照片好容易躲过几次政治运动没被抄走（料想由于是身着一般青年装，两人都是一样的翻领茄克衫，不具什么政治色彩——我们在这一学期里，衣着几乎都相似。他的茄克衫，还是我带他到大同路父亲熟人的服装店一起买

2002年，厦门大学海音歌咏队于五十年后重逢，每人都已白发苍苍。（前排左一为李克世）

的），倒是落到最后环节，被没有政治目的的人偷走了。当时海关打开每一纸箱查验后，暴露了目标，人手不够，来不及捆包就装车运回，我又对人们的素质估计过高，没留神，到家一清点，却少了这一纸箱，成了空白相册的陪葬品，无比痛惜。

如今，唯有希望他手头的另一张还珍藏着，有朝一日，我回台湾扫墓祭祖时，能探访他，不仅翻印那纪念照，更盼着重新照一张夕阳合影，以圆六十多年来每到鼓浪屿则触景生情之梦。究竟年龄不饶人，今生重逢谈何容易。近年，我曾托台南成功大学林德政教授，按照通讯录地址去寻找，却碰了个闭门羹。地址无误，只是郭铭川因台湾经济萧条，工厂关门，移居美国了。

海峡两岸交往多年，从台湾过来早已在这之前就自由，落地签证；而大陆赴台者仍限于团进团出。起初台湾方面规定每月只可周末包机接受大陆客千人。即使如此，吴敦义却指出，稳定的两岸关系为台湾带来可观的利益，截至2011年4月底，大陆游客赴台观光累计让台湾增收1102亿新台币；而《海峡两岸经济合作框架协议》签署生效后，今年1月至3月台湾对大陆输出农渔产品总值达3315万美元，但仍不能彻底改变台湾经济的萧条。何时老同学能重逢？何时祖国的和平统一能实现？

同济大学

TONGJI UNIVERSITY

“甘愿做，欢喜受”一生最大喜悦

曾文宾

一、学习：启蒙

我出生于台湾彰化县鹿港小镇的小康家庭。六岁时祖父就带我到汉学老师家，读自己都不甚理解的文章（《三字经》、《论语》、《大学》、《中庸》），如“人之初，性本善，性相近，习相远……”。小学毕业后，我投考台中一中，学科测验及格，体检却被验退，原因是头部长白癣，那时还没抗霉菌药物。父亲听人说，台中有知名的医学博士对治疗癣很在行，便每周带我上台中找博士看病，看了两个月没效。换了一个又一个医学博士看，半年后白癣依旧，未见效。有人以汽车用的黑油涂在患部有效，我决定试试看！一个礼拜涂六天、洗一天，涂了四个月的黑油，博士没治好的癣，靠这个偏方治好了。第二年我重考台中一中，以第二名的成绩被录取。这段经历让我体会到耐力最重要。没有这股耐力，我就没有当医师的机会。就算学了医，没有耐力，也不可能有今日的成就。

中学五年级时，我被校方选为校旗旗手。这是25年来学校第

1999 年曾文宾摄于花莲。

一次由台湾人当旗手的记录。中学毕业后，我到日本又一试未中。面临生活种种困境，加上特高常来临检，带话说军工厂缺乏员工等因素，我最终决定回台湾（从东京流浪到鹿儿岛、冲绳，再从冲绳搭小船回到台湾）。不久第二次世界大战结束。

二、学习：医学生

1946 年，我报名参加了国立台湾大学医学院先修班（预科）考试和省教育处第一届升内地大学公费生考试，结果都通过了。需要决定的是留在台湾，还是跨海到大陆的同济大学。我最后的选择是去上海念书。同济大学在战前是德国人经营的医学院，故第一学年需上德文补习班（德文称 SK）。上了一段时间课后，国共内战爆发，但我把所有精力投到书本里。老师的口音非常重。我国语、上海话都听不懂，每天晚上借同学的笔记本抄。1948 年，同学有的回家，而老师仍依约准时来上课。内战战火延烧至上海前，我们四个台籍同学根本买不到船票，最后以跳船方式回了台湾。后来我被分发到台湾大学医学院继续学业。

据校刊记载，1949年台大医学院教员有教授18人，副教授17人，讲师24人，助教82人，共计141人。教师阵容中是优秀之新进年青辈占多数（《台大校刊》，1949年11月第44期）。故上世纪的四十年代，我们是在这些优秀的老师之熏陶下成长的。在光复早期，老师上课是日语、闽南语、国语并用，专门医学用词则以英文、德文为主。学生在不同语言中辨析组合，经过大脑转换后写下日文笔记。考试都以日文作答。医学生每周上课44小时。1952年，我们成为医学院六年制的首届实习医师。

三、住院医师时代

1950年，在校长傅斯年指示下，住院医师采取淘汰制，使应届毕业生每年有一半人都可进台大医院当住院医师。每位出院病人的出院摘要需英文打字，翌日上午九时前交给主任盖章才算结案。这种严格训练全凭口传心授，当时尚无内科教科书。1958年美国发行《哈利逊内科学》第1版，到2009年已出版第17版，全世界认为它是内科学之圣经。1957年，我由内科总医师转任主治医师。1958年，内科陈万裕老师给我研究“抗肿疡剂对网状内皮系机能及末梢血液影像影响”的实验项目。前后耗费两年，我以日文完成撰稿，经老师校阅修改，最后尚烦小田俊郎教授校阅。1961年，我获得大阪市立医科大学博士学位。

四、乌脚病研究

1958年，台湾嘉南沿海一带出现一种怪病。黑色坏疽从四肢末端往上延伸，溃疡部位不会流出血水，却使人极度疼痛。当地民众称之为“乌干蛇”，仿佛有条蛇从人的脚底爬上来。“乌脚病”是媒体报道使用的名称。得这种怪病的人夜里哀号不断，状极凄惨，当时仅能以截肢方式治疗。早在日据时期，乌脚病即已零星出现，直至1956年左右，乌脚病人的惨状经媒体报道后，才引起卫生当局的注意。经过省卫生处的安排，台大医学院公共卫生研究所、台大内外科、病理科组成乌脚病研究小组，进行流行病学调查研究与医疗工作，研究成员有叶曙、陈拱北、陈万裕、吴新英、曾文宾、侯书文、郭宗礼、许见来等教授。台大外科设立乌脚病免费研究病床六张，专收需外科截肢病患。卫生处为截肢病患提供免费义足装置。

乌脚病与饮水源有关。研究小组建议在乌脚病流行地区设置自来水。1965年起当局斥资进行饮水改善工程。1968年我和侯书文、叶曙发表《台湾慢性砷中毒地区之皮肤癌盛行率》（Tseng WP，et al. JNCI 1968）。1977年我发表《井水砷含量与皮肤癌及乌脚病盛行率的剂量效应关系》（Tseng WP，EHP，1977）。1986年12月美国环境保护署举行“饮食无机砷危险评估”论坛，我被邀请参加发表《井水含砷量与皮肤癌及乌脚病盛行率的剂量效应关系》。其内容相当被重视，但与会者仍半信半疑。最后该署也组团来台湾实地观察乌脚病及皮肤砷癌，俟确认后上列两篇论文被称为“砷台湾研究”。后以“饮食无机砷报告”之名成书，共124页。

近年使用含高浓度无机砷饮水已经成为全世界重要的公共卫生课题。含砷的饮水问题被发现扩及新疆、内蒙古地区和泰国、越南、尼泊尔、孟加拉国、印度等国。因此，无机砷中毒的研究领域吸引更多学者投入，我在JNCI 1968和EHP 1977所发表的两篇论文均被引用。在近五年（2005－2009），每年平均被引用的次数达33次以上。

五、走出象牙塔，公益服务

台大医院于1954年就使用利血平（Reserpine）治疗高血压，成为在台湾治疗高血压之先锋。1963年开始高血压流行病研究，对象包括渔民、农民、少数民族、都市（台北）等。

2003年，哈佛大学Braunwald教授在美国《心脏病学》杂志发表《二十一世纪心脏病预防医学——过去、现在、将来》，贡献者是Paul Dudley White及William B. Kannel。前者是美国心脏病之父，提倡心脏病预防，后者是在Framigham study研究发表《心脏病危险因子》之学者。两位都是我的老师。White特别鼓励我说，乌脚病没有人研究，你要研究到最后。我先后查出了1808位病患，并从1978年即四处募款，倡导成立医疗咨询服务协会，出任六年理事长，提供民众医疗咨询服务。推动每个月赴山地、离岛、偏远地区义诊，出版保健丛书，做卫教教材。

高血压是健康最可怕的沉默杀手。1984年，我创立防高血压协会，号召义工上街头、火车站免费量血压，要求各医院在门诊设免费量血压。当年备受爱戴的孙运璇先生，在盛年中风，经休养复健后，防高血压协会以之为鉴，为了使公众了解中风与高血压的关系，拍摄倡导录像带，在黄金档时段播出。一些政治人物愿为健康公害代言，孙运璇先生的广告一炮而红，这也是我一手策划的。不久全民健保开始，高血压治疗在台湾非常成功。

我以毅力把冷门熬成热门，投入乌脚病研究四十余年，以无比耐力坚持至最后，改变世人的生活。这一生的发展是耐力换来的。我倡导成立医疗咨询服务协会、防高血压协会，巡回各地义诊、卫教。2005年获第十五届医疗奉献奖特殊贡献奖（每年一人）。

2009年4月，中华全国台湾同胞联谊会的“大陆老台胞返乡谒祖文化参访团”组团来花莲，大家有深厚的感情、有谈不完的话。感谢林丽韫团长及老同学郑坚、彭腾云、陈弘远路来访。我在花莲已过了25年，希望大家再一次来访。

六、佛教慈济综合医院时代（服务25周年资深员工心得感言）

（一）历史上的今天

《慈济月刊》的“随师行记”中提到：“……上人也回忆初识我的情景，我从此与慈济结下深缘，参与慈院各项事务。”慈院以上人秉佛心、师志，誓言“为佛教，为众生”的理念而创立，是真正救人的地方。

（二）蜕变与成长

慈院建在“后山”东部，从看慈院第一张设计图到准医学中心成立，启业后医护人员如今仍不足。但启业后打出“免缴住院保证金第一家医院”引人注目，立刻获得卫生署赞许，1987年起全台湾所有医院废止保证金制度。慈院注重教学与研究，为加强教学从美国请教授莅院指导床边教学，推动病理解剖，规模占台湾第一，这完全归功于上人大慈、大仁、大勇的号召。

（三）菩提大道直——无悔慈济行

自1981年应上人诚邀，我参与慈院筹建及营运已30年。启业前五年加入筹建委员会时，资金、土地尚未解决。经过上人四处奔走，终在花莲国富里启破土典礼。不久前原建设用地，因属“佳山计划”的预定地被征收。其后一年，上人花了很多的时间、心血，才找到国富里的现址。真的是靠上人的最大心愿、奔走的热情与毅力才有今天。我参与慈院筹造、建筑、营运，带领全院同仁走过艰辛草创期，在接任院长后把发展目标放在医学中心，一切按部就班。在启业第三年，台大15名怀抱理想的年青专科医师不约而同携手前来，盛况空前。慈院将多兵少，这些主治医师也参加夜间值班，落实“以病人为中心”的建院理念。

我注重医院财务，注意开源节流，降低公劳保核退率。坚持慈院要有详尽的病历记载，注重教学研究。全院影像医学科于1999年开发无片化PACS影像储传系统的使用，成为台湾第一个无片化医院。

我从台大退休后转进慈济善门，工作像修行。再多的承担，在学会了“甘愿做，欢喜受”之后，都成了良善的机缘。这才是我一生最大的喜悦。

曾文宾院长荣退后，升为荣誉院长，慈院证严上人送的匾，“功在慈院泽被苍生”。

（四）有您真好

许多事情可以一试再试，人生却不可以重来。只要你认为重要就先做再说。凭着信心、毅力去完成，终有一天，你会得到肯定。从台大退休后，我接受上人邀请，转赴“后山”接掌慈院，与台大开展建教合作，解决医师代训问题，终而让慈院从100床，150名员工，一步一脚印晋升为准医学中心。此后我就请辞院长一职，交棒给新的一代。慈院本来就是长久运作，要一代一代传下去。

清华大学

TSINGHUA UNIVERSITY

见证台湾光复和新中国诞生

——台湾省籍学生的历史回忆

曾重郎

出生和青少年

我1929年2月10日出生于台湾新竹市北门街。我家对面是妈祖庙，每逢庙会，庙前广场要搭戏台唱大戏，人声鼎沸，异常热闹。北门街有警察派出所，日本警察腰上有佩刀，我不敢走近。我幼时常去玩耍的地方还有望族郑家对外开放的花园，花园里的池塘有人钓鱼。一棵大莲雾树，树枝斜吊到池塘上，白里透红的莲雾就在枝上摇晃，真是诱人。

我有三个哥哥，一个姐姐。三哥比我大8岁，二哥比我大10岁，大哥和姐姐都比我大十多岁。我是老幺，所以颇受母亲疼爱。幼时是母亲的尾巴，母亲走到哪里我就跟到哪里。

公学（小学）时代

新竹小学是日本人念的学校。台湾人念公学校。我7岁进入新竹住吉公学校。记得读四年级时，有一天放学后打扫清洁，我对教室里的风琴产生了兴趣，上去就是一阵乱弹。被琴声惊扰的林玉音老师跑上楼来不由分说就给一记耳光。不过，我对音乐仍怀有深厚的兴趣。

每年学校要举行运动会，邀请家长来观摩。全校学生分成红白两队，逐项比赛记分，我总是被指定为一边的拉拉队队长。升入高年级后，我被选为短跑队员，寒暑假都要到校练跑。当年，新竹中学的秋季运动会有一个项目是全新竹州（包括现在的新竹市、新竹县、桃园县和苗栗县）的小学和公学代表队举行 4 × 400 米接力赛跑。我们住吉公学校就夺得过此项冠军。

读公学校时我不算勤奋，但各学科的成绩都名列前茅。我比较喜欢数学课。期间，我家自北门町搬至西门町，又从西门町搬至宫前町，搬家的原因都是为了节省房租。

中学时代

1942 年 4 月，我考入新竹中学。新竹中学是新竹唯一的官办中学，每年级 150 名学生，日本人 100 人，台湾人只 50 人。因此，考入新竹中学的台湾学生几乎都是每个公学校的尖子生。进不了新竹中学的台湾学生只好进私立中学。

每年级三个班，一班 50 人，我开始与日本学生同班上课。低年级学生见到高年级学生要举手敬礼。我读一年级时，同班的日本学生重久常到我课桌前骚扰，不让我看书。有一次，我实在忍不下去了，站起来把重久推到教室后头，并把他按倒在地上，但没有动手打他。重久的父亲是警长，重久托比我高年级的警察儿子管野来教训我。管野把我叫过去后，一猛拳打在我鼻梁上，我顿时鼻血直流。因为我是低年级而不能反抗，只好把愤恨记在心上。后来我进行体检时，耳鼻喉科医生说我鼻腔内的软骨有点斜，可能就是那一猛拳造成的后果。虽然日本学生用这种卑劣的手段来进行报复，但同班的日本学生认为我这个人不好惹，再没有人敢来欺负我。我们台湾学生则团结得更紧密。作为台湾学生，吃亏处就在于军事教官总给我的军事课打60分，但我的总成绩还是名列前茅。

1945年日本战败前夕，台湾局势很紧张，有美国军机的连番轰炸，日本还顾虑美军会登陆台湾，因此台湾的大中学生都被编成学生军驻守各地。不过日军的败象已显露，日本学生比以前老实多了。在运送军用物资时，我们台湾学生都积极报名参加押运，并在运输过程中偷吃牛肉罐头。战时物资匮乏实行配给制，肚子里油水少。

1945年8月15日，日本裕仁天皇在诏书中宣布投降。日本学生及所有的殖民官员若丧家犬、落水狗，以往的凌人盛气一扫而光。我们台湾人欣喜若狂，鸣放鞭炮，舞龙舞狮，庆祝抗战胜利。10月25日，按照《开罗宣言》和《波茨坦公告》，台湾地区的受降仪式在台北举行，台湾正式回归祖国怀抱，此日成为台湾的光复节。许多家庭祭拜祖先，禀告列祖列宗，台湾已回归祖国怀抱。

日本战败后，台湾学生组建了台湾学生联盟。当时我在新竹中学念四年级（日制的毕业班），被推选为新竹中学学生自治会负责人，还被新竹中学、新竹师范、新竹商校、新竹农校、新竹女中、新竹家政女中的学生代表推选为台湾学生联盟新竹支部总负责人。当时我们学生的首要任务是学习普通话，并了解中国五千年的文明史。我们学生联盟新竹支部明白告诉各校校长（都是日本人），我们是中国人但不会讲中国的普通话，对中国五千年的文明史亦不甚了解，所以我们采取的措施是上午上数理化课，日本学生也参加，下午我们自己请老师来上普通话课和中国的历史地理课。我们还筹办了一次中国历史的展览，把中国历史朝代的沿革画成图表加上文字说明，让大家知道我们是炎黄子孙。我还代表新竹支部在台北中山堂举行的全台湾学生联盟大会上作了简要汇报。

1946年3月新竹中学毕业（第20期），考上了台北高等学校，住在校内的七星寮（学生宿舍）。台湾省行政长官公署教育处接收后，学制改为高初中。因此，1946年9月我返回新竹中学念高中二年级，仍被推选为学生自治会负责人。

台湾“二二八”事件

抗战胜利后，国民党政府自陪都重庆迁回南京，并派接收官员到各地忙于接收。大陆地区接收官员的腐败有“五子登科”之说，即抢位子、票子、房子、车子、女子。工厂停工，失业率攀升，民不聊生，工人、学生纷纷上街游行抗议，喊出“反饥饿，反迫害，反内战”的响亮口号。

南京的国民党中央政府在台湾设置台湾省行政长官公署，委派陈仪为行政长官并兼任台湾警备总司令。陈仪带来了一大批接收官员。日本帝国主义在长达50年的殖民统治中掠夺而建立起来的银行、烟草专卖局、糖业公司、机场、港口码头、各类工厂，以及搜刮的大片土地，统统要移交给国民党派来的接收要员，而日本各级殖民官员及家属均要被遣送回日本。国民党接收官员要接收的是台湾宝岛大量的动产和不动产，其中的“油水”之大是不可估量的。接收大员只顾搜刮自肥，根本不关心台湾民众的民生。整个社会状况犹如一堆干柴，只要碰触火花即会燃起熊熊烈火。

“二二八”事件发生的导火线是国民党烟酒专卖局的缉私警在台北市延平路企图没收贩卖私烟妇女的烟摊时引起路人的不满，缉私警拔枪打死了一个路人，引起群众的示威抗议。当晚，有人通过电台广播了这个在台北市发生的事件，号召大家起来抗议，得到全岛人民的热烈响应，随后爆发了著名的“二二八”事件。

我在新竹市率领学生积极参加到清算贪官污吏的民众行列。自发参加抗议的群众先涌向市政府，但以郭绍宗为首的贪官污吏早已闻讯逃跑，分别躲进警察局、宪兵队和郊区兵营。参加抗议的民众冲进贪官污吏的住宅区（原日本殖民官员住宅区），把清算出来的整箱钞票和衣物当众焚烧，群情激愤，场面壮观。

我们新竹中学的几位同学来到辛志平校长的宿舍，他相邻的一栋住着教务主任罗富生（我的新竹中学前辈，客家人），后面一栋住着训导主任郑启中（大陆籍，是个基督教徒）。当我们走进辛志平校长的会客室时，看到他脸色苍白，一个人呆坐在那里，而且他一改常态，脱掉中山装，改穿西服，领带向一边歪斜着。他那惊恐狼狈的模样，令我同情。我告诉他，我们是清算贪官污吏，你是教育家不必害怕，我们学生可以保护你。他知悉我们的来意，顿时感到放心，随即叫躲在天篷上面的夫人和七岁的儿子下来。当时他的夫人在新竹女中执教。就在我们和辛志平校长谈话的时候，突然枪声大作，我们都迅速趴在宿舍院内的墙脚下。枪声过后，从门缝往外看，看到一辆车上的宪兵队员用机枪扫射民众，酿成了新竹市的第一笔血债。这样一来，民众更加被激怒了。因辛志平校长是大陆籍人，愤怒的民众很难分清谁是贪官污吏，谁是无辜的教育家。因此，我和几位同学商量，决定把辛志平校长一家三口转移到新竹中学的学生宿舍，由学生保护。辛志平校长的七岁儿子由我们几个同学轮流背着，于当天傍晚步行至新竹中学的学生宿舍。住在学校附近住宅区的不少大陆籍教师已先来到学生宿舍避难。我把住在宿舍的学生集中起来，向他们作了交代。我说，辛志平校长和教师是从事教育的，平时并未发现他们有贪污行为，我们这次行动是清算国民党的贪官污吏，而他们是教育家，大家要保护他们。我们几位同学随即告别辛志平校长，离开了学生宿舍。在这次行动中，学生是一支比较有组织的力量，我组织学生进驻市内的各警察派出所以维持社会秩序。

“二二八”事件后，台湾各界人士组成了“二二八”善后处理委员会，协商草拟与国民政府谈判的条件。新竹市“二二八”事件善后处理委员会主任委员是市议会议长张式谷。我以学生代表身份出任委员会委员，并参加新竹市的五人代表团出席3月5日在台北公会堂举行的委员会议。会场秩序混乱，许多人围在会议桌周围，有些人甚至站在桌子上大喊乱叫。王添灯先生声嘶力竭地叫喊着维持秩序，并在此困难情况下草拟与国民政府谈判的条件。条件的核心要求是惩治贪官污吏，实现民主自治。我们新竹市的五人代表一行，看到会场秩序混乱，也没有其他市、县的代表到会（因新竹市离台北市较近，所以我们得以赶去赴会），便决定第二天返回新竹。我们返回新竹后，立即同新竹中学的老校友商量，拟着手筹组新竹市市长的民选。不料，3月8日风云突变，国民党自大陆调集军队镇压台湾人民的“二二八”事件，但我还蒙在鼓里，对形势的变化毫无准备。此时，林安雄同学急急忙忙来通知我，说国民党军队已在基隆登陆开始镇压。辛志平校长顾及我的安全，叫我到他家躲藏。当夜，我即到辛志平校长家。他说，这次你救了我全家，我很感谢你，你现在有危险我应该相助。我把你看成我的兄弟，你可在此暂避一个时期。他把我安置在后面一栋楼的郑主任家里，郑主任告诉我，起义期间做牧师的儿子把全家接至新竹长老教会的教堂保护起来，所以安全地度过了这段时间。在辛志平校长和郑主任的帮助下，我扮成小商贩，在新竹中学复课的那一天清晨离开了。郑主任亲自把我送至车站，南来北上的火车进站，许多来上学的校友从列车尾部的车厢下车，我则踏上了靠近车头的车厢。当火车徐徐开动时，我目送郑主任和同学的背影离开了新竹市。

我在台北二哥家住了一两个月。在此期间，国民党改取怀柔政策，撤销了台湾省行政长官公署，另成立台湾省政府，委派魏道明为省主席，台湾的形势重新趋于稳定。因此，辛志平校长特地派郑主任来台北叫我回校读书。郑主任为找到我二哥家连脚都磨起了泡，实在令我感动。在他的催促下，我从台北回到新竹中学继续我的学业。当我出现在班上时，同学们都用惊喜的目光望着我。他们给我开玩笑说："我们以为你已经不在人世了。"可好景不长，国民党驻新竹市的宪兵队即传讯扣押我。传讯中，我坚持说自己只参加了清算贪官污吏的活动，并未殃及无辜。辛志平校长出面力保，宪兵队才把我释放了。

由于新竹市已成了我的是非之地，加之我的父母和大哥二哥均已移居台北，我于 1947 年 8 月经插班考试，转入台北师范学院附中高三学习，成为该校的第一届高中毕业生。1948 年 8 月，我同时考取了北京清华大学经济系和台湾大学经济系。当时，祖国的解放战争正进入决定性阶段，我为了寻求光明和真理，为了探寻我尚未完全认知的地大物博的祖国，我没有听从家人的劝阻，毅然来到北京清华大学学习。

我在台湾新竹参加"二二八"事件的经历，台湾的《中国时报》和《联合报》均有文章报道。标题分别为《辛志平曾重郎有段生死交情》、《生死交情师生血泪》。

在清华大学的读书生活

我和蔡铭熹乘车到北平，然后雇了一辆马车直奔北京大学宿舍，找到我在新竹中学的前辈吕清铭（以后改名吕平）。他是 1946 年从台湾到北大读书的。第二天，吕清铭引我们去北平郊区的清华大学报到。我和蔡铭熹被安排在善斋的同一间宿舍。完成报到手续后，吕清铭、蔡铭熹和我三人到附近的圆明园参观。看到八国联军放火焚毁圆明园遗留下来的断垣残壁，四处散落的碎石头，深感清朝腐败，遭受列强欺凌，真是弱国无外交，何时能雪耻？心情颇感压抑，步履沉重。

我和蔡铭熹都在清华大学经济系就读。当年，清华大学校长是梅贻琦，陈岱孙任法学院院长兼经济系主任。陈岱孙大师讲授的“边际效用”，我至今记忆犹新，他说一个人口渴，喝第一杯水时会感到清爽，喝第二杯水时已解渴，喝第三杯水时会感到肚胀，硬逼喝第四杯水就是受罪了。陈岱孙用通俗的比喻把“够”与“过”的边际效用讲得一清二楚。当时，冯友兰、吴晗、季羡林、朱自清、马约翰等名师聚集清华执教，令我们青年学子受益匪浅、终生难忘。

1948 年 10 月，我和蔡铭熹同时加入中共外围组织“松明读书会”。在学习毛主席的《新民主主义论》时，事先分好工，每人提前将分好的那一章节精读领会，在聚会时讲给大家听。这种学习方法既简单又有效，并锻炼每人的精读领会和表达能力。我们台湾籍学生当时普通话讲得不流利，因此颇感压力。

我们在清华大学学习期间，每逢假日就到茶商林铿生家，他是北京台湾同乡会会长，台湾同乡会就设在他家里。北京台湾同乡会改选时，北大的吕清铭当选为理事，我当选为监事。吕清铭带我去文艺学院探访过病中的台湾同乡江文也老师，他向我介绍江文也是个作曲家。

大约在 1948 年底或 1949 年初，在门头沟工作的地下党员曾明如带了些台盟的宣传材料过来，要在台湾同乡中发展地下盟员。当时暂住在同乡会内的北大地下党员郭炤烈和我都参加了地下台盟。曾明如和我后来都同时担任过台盟中央评议委员会两届副主席，我们在开会期间私下交谈过，这段经历成为我们共同的美好回忆。

辽沈战役大捷，东北解放军进关，他们纪律严明。当时，北平和台湾的空中航线畅通。我在写给台湾师大附中高三同学楼必忠的信中，介绍了人民解放军纪律严明深受百姓爱戴的情况。我们高三时办的墙报取名“录畦”，毕业后不定期出刊的《录畦》成为同学间的通讯录。楼必忠将我的信登载在《录畦》上，《台大校刊》转载了这封信，昔日新竹中学的同学看到后，纷纷给我来信，令我感到惊讶！楼必忠在 1949 年的台湾学运中被捕，坐过牢。

北平和平解放，解放军举行了盛大的入城仪式。我和蔡铭熹当时就站在前门大街上的人群中欢迎解放军入城，看到有坦克车、装甲车和威武的步兵部队，真长志气。我们亲眼见证了新中国——中华人民共和国的诞生。

我的一生，深深烙上了时代印记

台湾被日本统治时期，绝大多数台湾乡亲不愿当“亡国奴”，也不甘当“二等国民”，以“唐山人”（即中国人）自居，并通过各种方式和手段与日本殖民当局作斗争。许多爱国青年冲破日本军警的层层封锁，返回大陆，有些远赴延安，有些到重庆。在日本殖民统治时期，因抗日而牺牲的台湾同胞就有 65 万人之众。

我们来大陆求学的台湾省籍学生虽历经坎坷，但总的来看，正确路线占统治时，我们的日子就好过，“左”的错误路线占统治时，我们的日子就不好过。我们的个人命运与国家命运同起伏。

感受至深的是，中国共产党善于总结正面和反面两种经验，从而找出正确的前进道路。尤其可贵的是，中国共产党勇于承认错误，并制定政策，切实改进。我们台湾省籍学生是其中的受益者。

曾重郎

现在我们已离休安享晚年。我们活到老学到老，我们没有停止前进脚步。我们最大的心愿是中华振兴，祖国统一！

曾重郎简介

1929年出生于台湾新竹市北门街。1947年台湾“二二八”事件，是新竹地区学生领袖，1948年由台湾省政府教育厅保送入北京清华大学。新中国成立后，历任湖北省政府办公厅秘书、省商业学校党委书记、省政协秘书长及副主席；全国政协委员、湖北省台盟主委、台联会长、台盟中央评委会副主席、全国台联副会长等职。中共十三大代表。

尽职尽责　无悔平生

许砚梅

我的先生蔡铭熹，是一个地地道道的台湾人，1928 年 8 月出生于台湾省嘉义市，曾就读于嘉义中学，后到台北读高中。1948 年 10 月来到北京，就读于清华大学经济系，这以后他就留在了大陆，历任天津市社会科学院日本研究所研究员、台盟天津市委副主委兼秘书长、天津市政协副秘书长、台盟中央组织部部长、全国政协委员。历史的变迁，命运的偶然，使他有幸在伟大祖国的怀抱里工作和生活了大半辈子。他为中华民族的伟大复兴，为祖国的统一大业，几十年如一日鞠躬尽瘁，并为此感到无比的欣慰和自豪。我先生也常常谈到他在家乡时的一些事情。他远离美丽的故乡，长时间不能与亲人通信联系，不能为父母尽孝，不能直接参加台湾故乡的建设，思乡思亲之情诚然有之。

我先生的家族是台湾省嘉义市的名门望族，他虽然少小离乡，远离家乡几十年，但“离乡不离腔”，生前说话还始终带有一些台湾河洛人的闽南口音。他的少年，正值日本殖民统治时期。日本人推行奴化政策，强迫台湾人学习日语，学生接受的完全是日式教学。在这样的环境下，他的一生便与日语结下不解之

蔡铭熹参加政协会的照片。

缘。1948年，先生由当时的台湾省教育厅推荐，保送到北平清华大学读书。入学不久，就迎来了北平的解放。作为一名热血青年，伴随着祖国亿万劳苦大众翻身大解放，他怀着美好的希望，毅然决定参加革命队伍。而在建设伟大祖国的新的历程中，先生的日语特长，似乎也决定了他一生的命运走向。

先生生前曾和我谈到，他的一生有四件事让他非常自豪，终生不能忘怀。

先说第一件事吧。1953年，由于工作需要，先生被调到辽宁抚顺，参加对日本战犯的审判工作，担任首席检察官的日语翻译。当时所审判的日本战犯，包括原日本驻台湾的军队司令官谷村启中将。作为出生于台湾的中国人能参加这具有历史意义的审判，见证历史，他感到无比的骄傲，无比的自豪！

第二件事。先生还亲自参与了对末代皇帝溥仪的提审工作。这一段审判工作整整干了三年多，也给先生留下极其深刻的印象，后来记者建议他将提审溥仪的审问记录汇编成书。有关这方面的内容，已反映在《我的前半生》一书中。先生说做翻译工作是绝不能出错的，必须聚精会神，才能较好地完成任务。

第三件事。在党的八大召开之时，先生被借调到北京，参加八大会议文件的日文翻译工作。这项工作，时间紧，任务重，他经常工作到深夜。先生工作出色，受到好评。能参加这样的盛会，并能为此尽力，他感到无比的自豪。

第四件事。1972 年，先生被调到天津历史研究所，做日文翻译及研究工作。其间，所写出的《论第三次田中内阁的成立》等论文，为中日建交做出了贡献，受到廖承志同志的表扬。也是在这一年，他被任命为副研究员。

先生作为台湾人，长期工作在大陆，对祖国统一寄予了无限的期望。从 1979 年 12 月天津台盟恢复工作时，先生就被选为副主委兼秘书长。先生常说："这是做团结人的工作，对祖国统一和国家建设都有促进作用。"后来，先生还被聘为台盟天津文化学院名誉院长。

蔡铭熹 1993 年回台探亲与家人合影。

1990 年 4 月 10 日，先生被聘为天津市社会科学院台湾研究所特邀研究员。1996 年 5 月 3 日，被聘为国家土地监察专员。参加国家土地管理局组织的调研工作后，他与台盟中央副主席陈仲颐联名向国家土地管理局递交了一份长篇调研报告，刊载于《台盟》刊物上，让广大盟员都来关心土地管理问题的重要性。在任期间，先生工作优异，国土资源部特发荣誉证书表彰他。

1989 年先生在台盟中央还兼任党支部书记工作，曾被评为先进党务工作者。

先生不论做什么工作都是尽最大的努力，把工作做得尽善尽美。他不仅仅是一个好干部，还是一个人民的好勤务员。在家中他是一个好父亲，他从来不责骂孩子，而是用自己的行为慢慢地影响着孩子的成长。他更是一个好丈夫。我们结婚几十年，从来不吵嘴，有事共同商量，特别是在文化知识方面，他对我影响和帮助非常大，应该说先生更是我的好老师。自从有了小孩以后，我母亲就到家里帮助照料家务。先生对岳母非常敬重，一口一个“娘”地叫着，让老人感动得整天笑哈哈，她逢人就说，咱女婿，叫娘叫得可亲呐。

先生一个人离开台湾来祖国大陆求学、工作和生活，一直渴望有一天能回到阔别多年的家乡探望亲人。直到 40 多年后，才终于盼到这一天。1993 年底，我陪他一起回台湾探亲；1994 年，先生的母亲病故再次回乡奔丧。1999 年，他第三次回台湾为亲人扫墓。几次台湾之行，总算了却了先生一生的心愿。

（作者系蔡铭熹夫人，台盟北京市委退休干部）

北京师范大学

BEIJING NORMAL UNIVERSITY

跨海寻真理　永远跟党走

曾秀萍

父亲曾祥发 1929 年 11 月 10 日出生在台湾省屏东县西势村一户农民的家庭。1948 年高中毕业后，以优异的成绩考上台湾升学内地大学公派生，成为北京师范大学的一名学生。从此，他为振兴中华和祖国统一大业奋斗了一生。

一、少年之路——参与台湾“二二八”事件

父亲的童年，正处于日本帝国主义统治台湾末期，台湾人民被奴役、歧视。父亲少年便立志要发愤图强，努力学习，为台湾人扬眉吐气，不做亡国奴。5 岁时，祖父因病去世，全家四口的生活重担就压在祖母一人身上。俗话说：“穷人的孩子早当家。”父亲一边帮家里干一些力所能及的农活，一边发奋学习，学习成绩始终名列全班第一。小学毕业后，他考上了官办中学，这在乡村里创了先例，成为村里人盛传的佳话。

在屏东中学读书期间，他不但成绩优秀，还有凝聚力，有组织能力。一些日本学生常常仗势欺人，无事生非欺负台湾同学。

1949 年曾祥发在北京师范大学读书时第一张也是唯一一张穿长衫的单身照。

他看不惯，就去打抱不平。但经常被打得鼻青脸肿。有一次，在放学的路上，他和几位台湾同学一起教训了一位时常欺负台湾同学的日本学生。可第二天上学，他就被老师打了一顿，因为老师是日本人，他根本没有地方讲理、诉苦。这使他明白了沦为殖民地之后的台湾人，被欺负的耻辱命运。

1945 年抗日战争胜利，台湾人民结束了日本帝国主义统治、奴役的历史，重新回到祖国的怀抱。台湾人民无不欢欣鼓舞，家家户户张灯结彩，祭祖宗，摆贺宴。但是，接管台湾的国民政府腐败无能，对台湾人民实行专制统治，台湾人民再次陷入水深火热之中。1947 年 2 月 28 日傍晚，台湾发生“二二八”事件。父亲作为一名血气方刚的中学生，也与同学们一起投身到这场斗争中。他组织屏东中学的同学到屏东县郊外国民党军队的弹药库夺取枪支，然后赶到市区参加起义活动。3 月 13 日，事件被平息，许多台湾民众倒在了枪炮下。“二二八”的失败，让父亲明白了一个道理，要让广大人民过上和平、民主、富强的生活，必须寻求一条真理之路。1948 年秋，以优异成绩考上台湾省升学内地公派生的父亲，放弃了在台湾上大学的机会，从屏东出发，在基隆港登上轮船，经过 18 天的海上颠簸，到达天津港，再乘火车北上，成为北京师范大学数学系的一名学生。

二、成长之路——参加台盟组织

在北京师范大学读书期间，每到星期日，台湾来的同学都会聚集在台湾商人林铿生家里，关心国家大事，因而结识了一些中共地下党员、台湾民主自治同盟盟员，接受了马克思主义思想。他了解到，台盟是以实现台湾之民主政治及地方自治为宗旨的革命组织，立即向台盟组织递交申请，要求入盟。1949 年初，父亲如愿以偿成为台盟组织的一员。

三、革命之路——钻研业务　多做工作

父亲曾经说过，这一生最高兴的是 1949 年 10 月 1 日，他与北京师范大学同学们一起，凌晨 3 点就来到天安门广场。这一天，他亲眼看见、亲耳听到毛主席用那洪亮的声音在天安门城楼上向全世界宣布“中华人民共和国中央人民政府成立了，中国人民从此站起来了”！他心潮澎湃，热血沸腾，更坚定了跟中国共产党走的决心和信心。

1950 年抗美援朝战争爆发了，他响应党的号召，投笔从戎参加了中国人民解放军，到中国人民解放军第四航空学校任教官。

1954 年 8 月他转业到山西临汾一中任教。由于教学工作优异，他被评为优秀教师，担任数学教研组长、工会组长等职务。

他亲眼见证了中国共产党领导中国人民建设新中国的历程，深信只有共产党才能救中国，1954 年就积极要求加入中国共产党，经多年考验，于 1960 年 3 月实现了一生中最大的心愿——光荣地加入了中国共产党。他激动万分，还写信告诉分居两地的母亲陈莉祥说："总之暑假我到成都来时一定是个党员了。"成了党的人，他感到无比骄傲和自豪，更加努力钻研业务，不断提高教学水平，在教育工作上数十年如一日，勤勤恳恳、兢兢业业、呕心沥血，为国家培养了一批又一批德才兼备的人才。

在"文革"中，他受到了不公平的对待，被打成"美蒋特务、反动学术权威"，批斗 70 多次，还下放到农村劳动……但他始终没有改变对党的赤胆忠诚和对理想的坚定信念。

1973 年，党组织把他调到成都市三十四中任教。1973 年至 1979 年，他年年被评为先进工作者。1976 年担任成都市第十届人大代表、市政协委员。1979 年成都市教委调他到大学任教，市教委相关领导告诉他："曾老师，这是党给你落实知识分子政策。"就这样，他到刚成立的成都市教育学院任教。他把教育事业当成祖国和人民的重托。他在担任学院党支部组织委员期间写的《应用讲读法进行数学尝试》论文荣获四川省教育专业会二等奖。

1982 年 5 月，在四川人民出版社编辑部的组织下，他与华西医科大学毛正教授合作翻译《日文高中数学公式活用指南》。1983 年四川大学吴素华教授加入进来翻译，他们三人合作翻译日文《数学的精神、思想和方法》一书由四川教育出版社出版。1985 年的第一个教师节，他被评为四川省优秀教师，被授予四川省劳动模范称号。

四、联谊之路——组建四川台联成都台盟

1979年元旦全国人大常委会发表《告台湾同胞书》，提出和平统一台湾的口号，1981年全国各地台胞都热心组建联谊会组织，积极为祖国统一大业作贡献。作为共产党员、老台盟盟员，父亲立刻投身到筹建省、市台联的工作中去。这期间他与冯炎火、陈志平、邓元相等经常商谈怎样起草有关文件，主要执笔工作都是由他完成。为了赶写材料，他时常工作到深夜。在省、市相关部门的支持下，四川省、成都市台联先后于1982年、1984年成立。父亲分别担任省、市台联会副会长职务。

1986年，他又开始筹建成都台盟小组，起草报告，撰写各种材料，为发展盟员做了大量工作。经过多方努力，成都市台盟小组于1989年成立，父亲任成都台盟小组负责人。

成都台盟小组刚成立时，经费短缺，父亲多次为解决活动经费而奔波。他主持成都市台盟小组工作期间，尽心尽职。年近60岁的他，都是骑着自行车来来去去，从没有报过一次出租车费。他后来担任成都台盟支部主委，充分发挥民主党派参政议政的作用，积极为实现祖国的统一，加强海峡两岸民间往来做了大量富有成效的工作。

五、回归之路——为祖国统一殚精竭虑的共产党人

党的十一届三中全会后，父亲的冤案得到彻底平反。1985年，他有机会到日本东京与阔别39年的亲人相会。亲人、同学相见难免提出这样那样的问题，他都怀着对党对祖国的深厚感情，实事求是地介绍，阐述中共的对台方针和改革开放的政策，让他们对祖国大陆有更多的了解。

1993年父亲和母亲及女儿、孙子全家人第二次回台湾，大伯曾祥仁带领曾家100多名子孙来到曾家祖堂前祭祖。父亲还让大哥曾祥仁拿出记载着明朝郑成功收复台湾后，曾家第一代人从广东梅县迁移台湾之后十三代曾家“家谱”给所有的子孙看，让大家不要忘记自己是炎黄子孙。在亲人的陪同下我们一家游览了台北的故宫博物馆，台南的赤嵌楼（郑成功纪念地）等人文景观，饱览了太鲁阁、日月潭、阿里山、垦丁公园等自然风光，亲身感受和目睹了家乡的美丽富饶。当离开故乡机场返回大陆时，父亲热泪盈眶，深情表露了对故乡的一往情深和永远无法割舍的依恋之情。当年父亲的台湾同学，后来有的已是政界要人，有的已是大学校长、教授。这些同学纷纷写信邀请他回台湾任教、定居，但他都婉言谢绝了。他说：“我受共产党教育四十多年，信仰已定，我要在内地发挥余热。”

1949年暑假，曾祥发与北京师范大学的同学在北京图书馆的合照。

多年来，父亲为祖国统一大业做了不少有益的工作。1990 年台湾前“内政部长”、中国台北奥委会主席张丰绪任台湾体育代表团团长到北京开会。张丰绪在北京机场，向来接待的官员说：“我在大陆有一位同学叫曾祥发，很想见见他。”两位老同学见面的情景，人民日报海外版、台湾报刊都作了报道。称“屏东中学老同学、两岸暌违 42 载、旧同窗喜相逢。”老同学见面格外高兴，无话不谈，父亲对张丰绪同学说：“大家都是中国人，谁拿金牌一样嘛！”张丰绪还对自己的夫人讲：“我和曾教授在屏东中学时关系很要好，他的学习成绩在班上是数一的。”他们三人还合影留念。

1994 年 3 月，全国台联派父亲等 9 名大陆客家台胞赴日参加世界客家人崇正大会。到会的有来自美国、加拿大、日本、法国等国及台湾岛内客家人。大家聚集一堂十分亲热，在热情友好的气氛中，父亲畅谈了祖国在改革开放之后各方面发生的巨大变化，解答同乡提出的各种疑问，介绍了中国共产党的对外方针和实行“一国两制”实现祖国和平统一的政策，增进了到会客家乡亲对祖国的了解。

1996 年 3 月，成都市客家协会在成都成立，父亲任协会副会长。

父亲还做了许多对台招商引资工作。亲戚杨庆辉想到大陆开发市场。经父亲联系、介绍，很快就在广西桂林风景区开了一家婚纱摄影公司，生意红火。同学郭先生来到成都发展，他也热情帮助老同学与成都制药一厂合资建厂。后来郭先生又到上海独资办了一家制药厂，生意很好。

父亲一生助人为乐，在他热心帮助下，多名大陆台胞找到失散 40 多年的亲人。居住在阿坝州的“第二代台胞”林晓康，从小失去双亲，兄弟姊妹 4 人，生活过得很艰难。他千方百计通过在台湾的亲朋关系，打听到有关林晓康在台湾的两位叔叔的地址后，又利用回台湾探亲的机会请他在台湾的同学带路，好不容易才找到林晓康的一位叔叔。第二年春天林晓康的两位叔叔都到成都与林晓康兄弟姊妹四人团聚。

1993 年曾祥发第二次回故乡台湾在哥哥曾祥仁的陪同下与夫人陈莉祥及女儿、孙子在阿里山神树前的合影。

在第一次回台探亲期间，父亲得知老乡张雪�的儿子患肾脏病多年，生活不能自理，只能靠输血活命。他回到成都后知道重庆第一人民医院换肾成功率高，就帮张先生带儿子到重庆成功换了肾。四川江安一老台胞因冤案到成都反映情况，他就亲自写汇报材料。办完老台胞的事后，父亲还和几位台胞一起凑钱给这位乡亲，亲自送他上火车回江安。

1996 年 9 月 14 日，一场意外车祸夺走了父亲的生命。9 月 21 日，父亲的追悼大会在成都市殡仪馆举行。中共成都市委领导，省、市台联相关领导、家属、远在台湾的亲人、生前友好及各界人士出席了追悼大会。在追悼会上给予父亲的评语是：“一生热爱中国共产党，热爱社会主义祖国，多年来为祖国统一大业、为台湾回归祖国殚精竭虑——一生热爱教育事业，学高身正，德高望重……”

父亲走的那年，是他曾经工作过的山西临汾一中建校一百周年。邀请信他年初就接到，他还说：“一定要去”。然而他的这一心愿未了。临汾一中的老师、学生，没有忘记曾祥发老师，他们自发地为他们敬爱的曾老师举办了隆重的“怀念曾祥发老师的纪念大会”，表达了对父亲的敬爱之心，怀念之情。参加纪念大会的有中共山西省委副书记郑社奎、中共临汾地委书记张国宴等，都是他曾经教过的学生。会后临汾一中还将他在临汾工作留下的教案、书籍、生前照片遗物陈列在一个大型的会议室供老师、学生参观、学习。

1997 年，家人为他在成都“凤凰故园”选好一块坐西朝东的墓地，让他昼夜遥望可爱而美丽的故乡——台湾。

上海交通大学

SHANGHAI JIAOTONG UNIVERSITY

一个台湾学生的征途

黄瑞霖

从19世纪40年代到20世纪40年代的约一百年时间里，全世界大大小小的殖民主义国家都侵略过中国。我父亲黄朝生从求学于台湾医学专门学校时就开始追随蒋渭水参加反日活动，先后参加了文化协会和民众党。我母亲陈招治曾留学于日本东京上野音乐学校，回台湾后在台北当音乐教师。他们在文化协会创办的“北京官话学习会”上相识相恋，结婚后回到故乡台南县的乡下行医，那里曾是郑成功的士兵驻军和屯田的地方。1929年，我出生在台南乡下，并在那里度过了幼儿时期。听村里的老人们说，当年日军入侵时，村里的成年男子纷纷参加抗日义勇军，祖父的大哥和堂哥就牺牲在沙场上。我也曾听过姑婆等女辈支援前线，身上带着长针和小刀护身的往事。

上学前，我们全家移居台北。在那里，我先后在旭小学校和台北一中学习，期间目睹和经受了一些日本人的欺侮和压迫。因为没有按照殖民地当局的“皇民化政策”将中国姓名改为日氏姓名，我们被一些日本人歧视和侮辱，被骂为“清国奴”。又由于在台北市同年级中学生武道单打比赛中得了冠军，我被外校的日

青年黄瑞霖

本学生围打得鼻青眼肿、头破血流。当时，我的感觉是复杂而屈辱的。

我念小学三年级的时候，父亲曾一度离开台湾到了上海，联系石霜湖医生等寻找参加抗日队伍的途径，但被日本“特高”发现，不得不返回台湾。从小学四年级起，在父母的教育下，我逐渐了解到我们中华民族曾为人类文明作出了卓越的贡献，而在当时却陷入被列强蹂躏和瓜分的悲惨境地。祖国大地上已经响起了日本帝国主义企图亡我中华的铁蹄声，而英勇的中国人民正在展开前赴后继的抗日战争。有一天，父亲给我看了一张印有侵华日本军官举起大刀将要砍去跪在地上的中国俘虏兵头颅照片的剪报。我深深地感到，一个被践踏的民族在侵略者眼里是猪狗不如的，这是每个中国人的耻辱。我决心长大后到大陆去，加入到抗日的行列中去。求学时，父母经常勉励我，在学习和体育上都要努力胜过日本人。当时在台湾只有用日语教学的学校，父母认为我应当学习中国文化，于是让我从小学四年级起每逢星期日去向一位老秀才用闽南语学习中国古文，从《三字经》一直学到《昔时贤文》。

1945 年，抗战胜利，台湾光复，我们真是欢天喜地。我们学唱《义勇军进行曲》迎接国军的到来。可是，我们看到的国军，其装备、衣着和纪律甚至都不如战败的日本军队。接着，我看到国民政府官员贪污腐化，军警横行霸道，这让我有些迷惑不解。在建国中学，我与同学们讨论后认为，这是中国封建统治传统和工业落后所致，中国需要工业建设和民主改革。作为医生的儿子，我原打算继承父业，但现实的种种，使我产生了工业救国的想法。我想成为一名工程师的志愿得到了父母的赞同，建国中学的外省籍同学还建议我为报考上海交通大学或北京清华大学做准备。

官逼民反，1947 年台湾人民“二二八”事件终于爆发了。建国中学的学生在校长陈文彬的支持下，纷纷组织起来上街宣传惩治贪官污吏、实施民主自治的主张，同时给外省籍的老师和同学送去了大米和蔬菜，帮助他们度过了一时的困境。不久后的一个夜里，枪声乱响，第二天一早国民党宪兵团便衣特务将父亲逮走了。从此他再也没有回来，连遗体也无法寻得。当时我很年轻，因为无法理解政府和国家之间的区别而困惑不解，更想不明白一生爱国的父亲为什么会被政府残酷杀害。此后，家里的生活开始日渐拮据。母亲为了生计和我们的学费，开始变卖医院的医疗设备。最后，在弹了一夜父亲爱听的贝多芬《月光曲》后，她将心爱的钢琴也卖掉了。我一时产生了放弃学业，就职养家的想法。但是母亲说：“父亲生前希望你们都能上大学，我就算借钱也得供你们学习，否则我到那个世界也无颜见你们父亲。”在此期间，从牢里出来的陈文彬校长告诉我：“还是去大陆念书，你到那里可以看到那里的大学生也在寻找国家的前途。”

1948 年，我高中毕业。虽然我父亲的朋友已经帮我办好了去美国加州理工大学的入学手续，但我还是在被录取的大学中选择了上海交通大学电机系，作为一个自费生离开了台湾。在上海，我看到了“朱门酒肉臭，路有冻死骨”的景象。但同时，在交通大学的学习期间，我了解到大陆人民正在中国共产党的领导下，为推翻国民党的专制统治、建立新中国而努力着，并且在各条战线上取得了节节胜利。上海正处于黎明前的黑暗。1949 年上海解放后，我取得了“人民助学金”，兼做家庭教师，继续着我的学业。抗美援朝时，我认为国家兴亡、匹夫有责，于是报名参加了军事干校，但未得到批准并被要求继续做学生会组织部的干事。

1952 年，我大学毕业被分配到中国电机制造工业的骨干企业——上海电机厂工作，此后历任设计组长、主任设计师、设计科长、总设计师以及设计开发部、技术部和交直流电机（事业）部的部长，并于 1998 年从负责企业交直流电机设计开发、标准化和质量管理的副总工程师岗位上退休。

在上海电机厂工作期间，我有幸参与了中国中大型交直流电机各类基本产品和其他派生产品，从建立第一代产品经过不断改进到第五代产品的全部研发工作。也曾分别负责设计制造了我国尖端科学研究和军工产品试验装置所需的大型发电机机组等产品。在多年的技术工作中，我一共撰写了五十余篇技术论文。例如，我发现了特殊条件下的旋转磁拉力现象，并论述了其基本原理和数学模式，解决了重大产品的异常振动和噪音问题。作为中国电机工程学会大型电动机专业委员会的主任委员，我曾多次负责组织全国性技术交流会，为该项技术在全国的发展和推广尽了力，并被授予中国电机工程学会的高级会员。

改革开放后，大陆开始对外技术交流与合作。我先后被派往欧洲和美国进行合作设计和制造。20 世纪 90 年代，我还应邀回到故乡台湾作了《大陆中小型电机的技术发展概况》的报告，并参予讨论和交流。

退休后，我继续为上海电机厂承担了新编《交直流电机机械计算方法》的审核工作，以及引进技术文件和标准的翻译工作。另外，我还为一家原来只能对电机用滑动轴承来图加工的企业编

黄瑞霖近照

制润滑计算方法，指导技术人员按电机不同要求进行设计，并建立了企业技术资料库。最近，我引领他们设计开发了高速汽轮机、压缩机、风机和齿轮箱用新结构滑动轴承系列产品，并已试制成功。

多年的工程师生涯让我认识到，技术的发展离不开勤奋、严谨和组织协调能力强的群体。少年时代用闽南语学的“博学之、审问之、慎思之、明辨之、笃行之”一直是我的座右铭。作为一名工程师，我坚持不唯上，不唯书，不迷信权威，不惧怕困难，不断实践、认识、再实践，不为世俗名利动心，不受传统观点的束缚，要独立自主，自由思想。我的一切工作都是在团队中共同完成的，但人们却把荣誉给了我。我曾被授予上海机电一局“三上一提高功臣”、“上海五金工业先进工作者”、“上海市劳动模范”和教授级高级工程师等称号，并享受国务院特殊津贴。

20 世纪 80 年代后，我同以前的台湾亲友和同学取得了联系，并通过他们促成了：由中日经济交流协会捐助建立上海市日语培训中心、日本放射性医学研究所研究员与上海医科大学的交流、加拿大滑铁卢大学化学系教授与上海复旦大学的交流、日本环境经济学教授与上海环境保护协会的交流，以及美国纽约大学环境工程教授和上海同济大学的交流等等。另外，我还促成了上海电子仪表进出口公司每年出口美国100万－200万美金的业务，同时为台湾汽车电机和电器制造企业在上海投资设厂牵线搭桥。

当年，我离开台湾时，母亲和三弟送我上船。谁知与他们的这一别竟成了永诀。1979年，移居美国的二弟经联合国中国代表处与我取得了联系。这时我才知道母亲已经病故，三弟也在多年前因船祸去世了。这成了我心中永远的隐痛。数十年的分离，隔不断对亲人和故乡的浓浓情怀，我只能将思念化作力量，投入到为祖国统一大业尽心尽力的服务之中。80年代，我担任上海市台湾同胞联谊会副会长时尽心尽力地做好来沪台商的咨询服务工作。九十年代担任上海市政协常委和台盟上海市委副主委时，我尽心履行参政议政的职责。我时常给年轻的盟员讲述自己对台湾史和台盟史的认识，希望在年轻一代台胞的身上实现海峡两岸的和平发展和最终统一。

现在，我已进入耄耋之年。回想一生，我看到在中华民族伟大复兴的大业中，我不仅有个很好的工作岗位，还实现了少年时代工业救国的强国之梦。我经历过祖国被称为“东亚病夫”的时代，更见证了中国人民在共产党的领导下艰苦奋斗，最终取得民族独立、建立新中国，并在一穷二白的基础上建立了比较完整的工业体系和经济体系的辉煌。现在，为了实现国家更加繁荣富强，人民更加幸福，中国共产党正领导着全国各族人民在建设有中国特色社会主义的道路上不断探索、继续前进。虽然道路可能存在着艰难和曲折，但前景始终是伟大而光明的。我愿意，在我的余年为这个伟大的事业献上一份绵薄之力。我相信，九泉之下的父母也会为我一生的征途感到欣慰的。

上海医学院

无悔人生

——台湾平埔族人潘秀和大夫在沂蒙山区

潘佳丽

我的父亲潘秀和是一位富有传奇性色彩的人。1929年出生在台中市，是从南投县埔里镇来的台湾少数民族平埔族人。1948年经台湾省政府教育厅主办的统考，作为一名赴大陆公派生来原国立上海医学院求学。毕业后于1955年2月到山东省临沂专署第一人民医院当妇产科医师，1963年2月被下放到沂南县人民医院工作。在他70多年的人生旅途上留下两次刻骨铭心的迁徙：从台湾到大陆；从上海到沂蒙山区。他在沂蒙山这棵大树上筑巢垒窝，生息繁衍，把青春、热血和才干奉献给了沂蒙山人民。

少年时代

父亲的祖上原本不姓潘，日本人侵占台湾后，要族人改日本姓名或改汉名，才改中国姓潘。我的曾祖母是当地名门望族，姓张，祖上为进士；三百多年前郑成功收复台湾时，跟随郑成功赶走入侵的荷兰人后被派到埔里。父亲上小学时，日本同学常常欺负本地的同学。从小倔犟的他不服，每一次都反抗。有一次同一个日本小孩打架，被对方狠狠咬了一口；但他也把那孩子反咬一口。至今在他胸膛上还留有直径约一寸的一块疤。中学时父亲进入了很有名气的原州立台中一中。

1989年4月13日，潘秀和在垂樱花盛开的日本古时名寺金刚寺参观（内有中国名僧宏法大师铜像）并摄影留念。

第二次世界大战结束后，台湾光复回归祖国。父亲以优异成绩考进了省会的省立台北高级中学。他选择了理科，将来想当医生。

父亲对社会科学亦有浓厚的兴趣。早在台中上学时，他便从市立台中图书馆的藏书中了解到台湾如何从中国落到日本人手中和台湾人反抗日本侵略者的历史。对台湾少数民族的由来、分布和习俗也有了一定的了解。并且于光复不久就加入了台湾学生联盟。到台北后，他多次参加学潮，希望光复后的台湾人民生活愈过愈幸福，不再受欺压，并为此曾想去美国留学。但是，祖母坚决反对他远离家乡，主要原因是家境贫寒，但却同意回到祖国大陆来。祖父更是同意来大陆，因他年轻时曾打算到“南满州医科大学”（后改称为沈阳医学院）来学医。1948 年 10 月底，在祖父母的支持下，父亲进入了原国立上海医学院。

求学上海

那时上海尚在解放前夕，时局动荡，身在台湾的父母不能不为自己的孩子担心。父亲汇来路费，来信叫他回去。但是，他写信坚定地告诉父母，既然来到了大陆，不把大学读下来就决不回去。可是，局势越来越动荡不安，来祖国大陆求学的台湾学生纷纷回台。他的高中同窗从南京回台途经上海，找到他，并且提出给路费要他一同回去。父亲因为已经过充分思考，毫不含糊地告诉这位同学，他已选择留在大陆。此时，1948 年与他一同赴大陆求学的绝大多数都于解放前回台湾，只有屈指可数的几个人坚持留在大陆。

父亲说，他在台北上高中时已开始阅读高尔基、托尔斯泰与普希金等俄罗斯著名文学家的作品，正是这些进步作品给了他理想与鼓舞，让他走上了探索之路。

1949 年 5 月时局更加动荡，他再也接不到父亲的汇款，而在大陆又举目无亲，他熬过了一生中最艰难的时期。挣扎在死亡的边缘，他每日只能吃到一小碗“阳春面”，饿极了就喝不用花钱的自来水。

就在他实在过不下去的时候，老师和同学们向他伸出了温暖的手，解决了生活上的困难。让他更为感激的是中华人民共和国成立后，医学院给他发放人民助学金。他有了助学金，并靠勤工俭学，终于完成了学业。每当回忆起当时的困难与党和人民政府，以及同学老师对他的温暖相待时，父亲总是激动得热泪盈眶……

志存高远

大学毕业前，父亲决心无条件地服从祖国的统一分配。分配表上，虽然每人可填写三个志愿，但他三个志愿都填写一句话：祖国需要我到哪里，我就到哪里！

最后，他来到当时祖国最需要他的地方山东省的沂蒙山区。

革命老区临沂，当时有600万人口，和光复时的台湾人口差不多，竟无一名妇产科医师；专署第一人民医院都尚无妇产科的病房和妇产科的医护助产人员。

当时，父亲有充分的理由让自己留在上海或附近的城市，因为1954年10月1日与他结婚的妈妈工作的华东医药公司职工医院还没有妇产科医师，医院一次次找到妈妈，要他留下来。外祖父去世后，无工作的外祖母和正在上学的舅舅都很希望他留在上海照顾他们。

潘秀和

但父亲服从安排，到了祖国最需要的地方。父亲于毕业前半年，曾患左肺结核和支气管内膜结核，但1955年春节刚过三天，他便怀着满腔热情来到济南，奔向沂蒙山区……

情系沂蒙

当时交通很不方便的临沂地区缺医少药，妇产科更是如此。父亲到临沂后，大量妇科病人、孕产妇都是从各区乡到临沂求诊。后来在专署和医院领导重视下，不到半年就成立了临沂专署第一人民医院妇产科。

妇产科成立后，父亲工作更忙，门诊、病房和产房工作都要他负责处理。除农忙季节之外，病房床位住得满满的。每天在门诊由父亲一人看的病人，经常超过四五十人。

除完成医院内繁重的临床工作外，他随时应各县医院不分日夜打来的电话去抢救危重病人，处理各种疑难病症和难产，就地进行各种急症手术，包括剖腹手术和经阴道手术，每月少则七八次，多至十几次。为了尽快帮助县卫生院助产士提高业务水平，他还为本地区八个县的助产士进行辅导，带领到临沂的山东医学院实习医师实习。

超负荷工作使父亲在上海第一医学院的最后半年所患的肺结核复发，但他只休养治疗半年又开始了工作。

1963年2月他被调到沂蒙山区中部的沂南县，当天下午即做本院第一例早孕人工流产手术。县医院工作条件很差：只有简易的检查和手术两用床，没有万能手术台，没有无影灯，更没有心电图和B超设备，只有200毫安的小X光机，各种手术器械陈旧不好用。而且没有血库，化验室只查三大常规，无病理检查条件和任何机动车。但他把妇产科各种手术立即全面开展起来。不仅如此，每月10余次到各乡村庄抢救危重病人和处理难产，全都骑自行车，中间还要过河、翻山越岭。天寒地冻之夜，急急行进在沂南的山间小路是常有的事。在沂南的四十年，他骑着自行车多少次夜间出诊，多少次在风雨交加下出诊，抢救了多少人，连他自己也记不清。就在他刚到沂南县医院的1963年夏天一个夜晚，孙祖区邮电局的摇把子电话打到县医院，孟良崮山下的东高庄有一名麻姓孕妇生命垂危。他二话没说，在当时还没有公路，也没有救护车的条件下，骑上自行车和带路者直奔而去。那是个无星月夜黑头天，他用了4个小时一点没有休息跑完沂南县最难走的山路，于半夜12时到病人家进行抢救，经过一整夜和一上午抢救，使失血性休克加感染性休克的孕妇转危为安，起死回生。家人为感谢他，写了表扬稿在县广播站进行广播。但当时因他被错划为右派，广播时只说是一名白求恩式的大夫，没有提父亲的名字。

春风吹来

随着十年浩劫的结束和中国共产党十一届三中全会召开，知识分子政策得到落实。父亲浑身上下又有了使不完的劲儿。为了帮助医务人员学习外语，他从1979年下半年开始进行日语业余教学，先在沂南县人民医院，后到沂水为医学专科学校、沂水中心医院，沂水结核病防治院和沂水县人民医院，自己编印大量日语讲义作医用日语授课，帮助医师、教师们尽快地缩短和发达国家在科技上的差距，搞好临床、科研和教学工作。数百名学员中的大多数后来都晋升为教授、主任医师及副教授，成为各医院技术骨干。

为了充实自己和搞好科研，“文革”结束后，父亲每年自费订阅大量国内和日、美、英学术刊物。为力求上进，他每年花两三个月工资订购10种外文刊物，40多种国内报刊和杂志。在做好本职工作和教学的同时，他很重视科研，研究利用近几年被认为可代替人骨髓治疗白血病的胎盘血输血，先后解决了胎盘血的收集、储存与应用方法。此项科研在当时居于国内领先地位。他参考国内外近二百篇文献所写的雷夫诺尔引产5406例综合分析和利用胎盘血输血的论文，在中华医学会第二届全国妇产科学术会议上交流和推广。

他撰写论文30多篇，有的发表于香港出版的《世界名医文献库》。除撰写论文外，他还编写了《妇产科感染性疾病的药物治疗》等三部专著。他对明清两个朝代具有天人合一意义的《性别预测表》也有深入的钻研。其论文在1998年6月于马来西亚召开的一次国际性学术会议中被评为优秀论文。

父亲是到临沂来的第一位医学本科妇产科专业医师，又是沂蒙山区妇产科和妇女保健工作的一名开拓者，也是在本地区第一名取得高级职称的妇产科医师，山东省卫生技术职务高级评审委员。

1985年5月8日，是一个令父亲难忘的日子，在第二届全国台湾同胞代表会议上，他和代表们受到了邓颖超、彭真等党和国家领导人的亲切接见并合影。

1988年夏天，父亲和母亲朱惠敏一道回阔别40年的故乡台湾探亲。踏上台湾那片土地时，他流泪了。在父母的墓前按照当地习俗，他烧纸上香，深情地说：父亲、母亲，我这不孝之子回来看你们来了……

在台湾，亲戚朋友一再劝他留在故乡，但父亲时时想念的却是沂蒙山区——那里有他的家，有他的事业，有很多很多病人等他回来看病。堂哥要把他的四层新楼的一部分给他看病用，但是本来可以按规定在台湾三个月的他却在台湾仅一个月即赶回他的第二故乡山东来。

由于白天要看病，还要参加一些会议，父亲的读书、写作、写论文只能放在晚上。年过七旬的父亲还在总结他的临床工作经验，并且着手撰写《台湾一家四代人的百年》一书，并为祖国的和平统一作贡献！

父亲历任五届沂南政协副主席和山东省台湾同胞联谊会理事。他自豪地说："我是从台湾到大陆沂蒙山区来的第一名医师，我能为沂蒙山区人民看病半个多世纪，尽自己所能，解除沂蒙山区妇女所受妇科病和各种难产的痛苦并使数不清无子女者有了孩子，感到无悔、无愧、无憾！"

由于操劳过度，父亲潘秀和教授于2007年5月24日在沂南县人民医院因病去世，终年78周岁。

南京中央大学附属中学

拳拳赤子心

——忆原云南省台联会长、云南省广播电视厅厅长林文启

李长静　杨晓红

林文启同志是台湾省高雄县茄萣乡人。1948 年 6 月从台湾到大陆南京读书。1949 年 6 月参加革命，随西南服务团到云南昆明工作。1956 年 9 月加入中国共产党，1980 年 3 月加入台盟组织。1950 年 3 月起，先后在云南人民广播电台和云南省广播电视厅任管理员、记者、副组长、主任、农场场长、副总编、副局长、副厅长、厅长兼党组书记等职。担任过中共云南省委委员、云南省政协常委、中共云南省委对台工作领导小组成员、全国台联常务理事、台盟中央委员、云南省台联会长、云南省台办主任、台盟云南省委副主任委员、云南省广播电视协会副主席、云南省电视艺术家协会副主席等职务。他认真贯彻执行中国共产党的路线、方针、政策，为云南的广播、电视事业的发展和祖国统一大业做出了积极的贡献。

1931 年 6 月，林文启出生于台湾西海岸的一个小渔村。一家共有十口人。父亲叫林居钻，母亲叫林李菊，林文启在八个兄弟姊妹中，排行老四，家人靠卖豆腐小本经营为生。他在高雄县上

小学时正是日本统治时期，读的是日本书。1944 年 3 月他小学毕业后被日本殖民当局拉去当“小军夫”，在冈山、左营、寿山一带烧水泥、修机场、挖工事做苦力，常常遭日军鞭打。有一次，差点搭上了他 14 岁童工的性命，幸亏三哥林昭德赶到，把遍体鳞伤的他偷运回家救治才活了过来。1945 年日本投降了，他和小伙伴们欢欣鼓舞，庆祝台湾光复。那时他和小伙伴们把大陆的大兵看作“天降神兵”，再也不承认自己是“日本小国民”。可是，好景不长，光复后的台湾，乱象丛生，工人失业，物价飞涨，民不聊生。到处是国民党“劫收”大员的贪污丑闻。在这种背景下，1947 年“二二八”事件发生了。当时他只有 16 岁，正在台南一中读初中。台北“二二八”官逼民反的消息传来，3 月 2 日台南市民在西门集会游行。3 月 3 日早上，台南运河一带人群激愤，在海关痛打贪官污吏；在运河火烧帆船（据说船上有枪支和私烟）。他也加入了斗争行列，参加集会游行、散发传单、充满革命激情。不久，高年级同学集合增援嘉义机场的攻防战，他被分配守护校园。后来，还与高年级同学一起到南工校（现在的成功大学）同工人一起用土法制造手榴弹。到 3 月 8 日，局势发生变化，蒋介石派来的镇压部队在基隆登陆了。3 月 12 日中午，在台南，汤德章律师被捕，五花大绑游街示众，最后被押到“大正公园”枪决。当时，台南城内外到处杀气腾腾。他不能返回学校，就趁夜晚坐渔船到高雄县渔村老家躲藏。国民党派兵挨村挨户搜查，他家里的菜刀都没收了，他堂兄林森源有一把日据时期小学校长佩带的仪仗用刀，也惹了祸，被革去公职。他在台南读书时，经常把城里的传单、报纸往渔村送，也被视为“暴民”、危险分子。3 月中旬，风声更紧，国民党的机枪扫射声不断，到处是白色恐怖气氛。他的故乡渔村再次遭到挨户搜查，他家又一次被查抄了一些财物。他不能再返回学校又不能回到茄萣老家，就躲到台南西门菜市场“水晶宫”附近的舅舅李哄家里。后来与同学陈敏南一起复习功课，跳级台南二中，这时，灾祸降临了，两人都被视为激进分子一同开除，他就这样失学了。

林文启（右）

林文启曾说过：当年，不过是一个中学生，在群情激昂下，参加痛打贪官，上街游行，够不上“暴民”，却遭学校开除。当时在国民党的黑暗统治下，到那里去抗争，哪里去讨公道？

就在那时，国文老师林秉诠同情并帮助了他。老师预料国民党杀戒一开，说不定会有更多的人遭殃。老师劝他说：“三十六计走为上计”。经过林老师的策划，他持着一张日本广岛县立府中中学的假文凭，冒充华侨学生，于1948年7月17日，在蔡阿鹏先生和他父母护送下，从基隆港上船，逃来大陆，流亡到上海、南京等地。

当时，正是大陆解放战争打得很激烈的时候。国民党政府撤退前夕的南京，兵荒马乱，一片狼藉，到处是流亡学生和散兵游勇。在大动荡、大混乱中，他离乡背井，死里逃生，举目无亲，像“三毛”一样到处流浪，饱一顿，饿一顿，尝尽了人生滋味。就在这个生死存亡的关头，他遇到了台南一中的老同学朱思聪，帮助他找了暑假期间空出来的床让他住下，然后又买了一块烧饼，就着自来水，他就这样度过了一天。以后他就到学校的厨房里偷冷饭吃。学校开学了，林文启又没有床住了，有一位好心的同学介绍他到南京行政院交通部伙食团的厨房去帮人家挑水、劈柴做杂活，让他免费在厨房住宿，他就这样过着饥寒交迫的日子。他的遭遇得到南京中央大学师范学院的一批大学生的同情，他们联名给当时的台湾省教育厅厅长许恪士教授发了一封保荐信。不久，台湾省教育厅出函保送他到南京中大附中读书。入学不久，南京形势更加紧张，邮路断了，有钱、有地位的达官显贵都跑了。作为一名“二二八”遭镇压后逃到大陆的台湾穷学生，他有家不能回，只有听天由命。寒假期间，学校被国民党的装甲兵团占领了。他和其他穷学生都没有饭吃，就到撤退的兵营、机关收拾人家遗弃食品、罐头充饥。1949 年 4 月 22 日，长江岸边炮声隆隆，第二天南京解放了。6 月底，林文启光荣加入中国人民解放军，紧接着就随部队南下，4 个月走了 6000 里路程到达云南昆明。

林文启被分配到云南省广播电台当记者。当时的工作环境和工作条件都非常艰苦。特别是在 60 年代中期，派驻地州记者站，从昆明出发，不仅要携带笨重的录音设备，还要自备行李——被褥、脸盆、手电筒等。那时的记者下乡采访，要求与农民实行“三同”（即同吃、同住、同劳动），农民干什么活他就抢上去干什么活。当时要在烂泥田里挖堡子，半天下来手掌常常会磨出血泡。但林文启毫不在意，再累也是乐呵呵的。他说：当一个农村记者只有过了“三同”的关，农民才会把你当成自己人，才愿意跟你讲心里话。

“文革”期间，由于有台湾关系，林文启一家受到不公正待遇，受歧视，受审查。有很长一段时间，他都要在电台的伙房磨豆腐、当杂工、放羊、种地，他干过很多重体力劳动，身心健康都受到严重损害，以至于积劳成疾，不幸于1998年10月病逝在故乡台湾。

1979年，党的十一届三中全会以后，拨乱反正纠正了极“左”路线错误，平反冤假错案。林文启同志于1980年担任了云南广播局（广播电视厅的前身）副局长。他怀着强烈的责任感、紧迫感，忘我地为人民工作。他几乎走遍了全省127个县市。

林文启同志指挥建设的大理苍山电视台是我国目前海拔最高的电视转播台。该转播台建在4092米的高山上。林文启同志4次登山与员工并肩战斗解决施工基本问题。该转播台让滇西一千多万人民看到了从北京传送来的电视节目，被誉为1981年云南省五大建设成就之一。

林文启（右二）

包括滇东川四千多米高的牯牛寨电视转播台在内的全省的许多转播台，林文启都亲自参加选点、定点工作，为云南省的广播电视事业的突飞猛进做出了很大贡献。

林文启同志除了全身心投入云南省广播电视事业外，还身兼云南省台联会长等一系列社会职务，热心为台胞操劳，办事。从各地县到昆明来办事的台胞常常到他家吃住，他总是热情接待。由于当时每家每户的粮食都比较紧张，客人走后，他们家自己吃的却是土豆、红薯等杂粮。如居住在大理农村的台胞蔡月霞，到昆明医院口腔科看病时，交不起镶牙费，林会长帮她交付了。台胞们都称赞他是“乡亲们的贴心人”。

几十年来，林文启对台湾故乡和亲人的思念之情从未停止过。1985 年他托一位美籍华人，带着他写的信和他的照片，到台湾去寻找亲人，才知道他父亲已于 1961 年去世了，才知道他母亲及亲人们是怎样地想念着他。

“文革”动乱，台湾的一些宣传媒体把大陆说得很恐怖，但他母亲还是坚定地说，她儿子在大陆是不会死的。

1987 年初，他母亲由哥嫂侄儿陪同到香港和他见面，办的是到泰国的旅游证件。他母亲那年眼睛花了，耳朵聋了，人也时常不是很清醒。家里人说，母亲不见你一面，心是放不下的。

林文启 17 岁离家时，40 出头的母亲动作麻利，泼泼辣辣的，而 39 年后再见时，母亲已听不见儿子说的话了。那年年底，母亲在台湾病故。当时，林文启正在北京开会，为了不影响他开会，夫人李长静没有及时把这噩耗告诉他，而是代笔发唁电寄哀思：“南天落星韵，哀哀唁娘亲。生我多劳癖，皓天之恩情，游子难尽孝，母殁丧不临，羞哉为后辈，遥奠慈母灵”。林文启从北京回来后，看到唁电，悲恸万分。他非常感激妻子，把唁电揣在身上很久很久。作为儿子，却不能回台为母奔丧，真是人间最大的悲哀。直到 1993 年 6 月林文启才首次回台湾，他在父母亲的坟前站了许久、许久，他满含泪水，哽咽地念着那份唁电……

1993 年 6 月，林文启在台湾期间还做了一件林家的大事，就是协助他的堂兄弟把林氏家谱完整地续起来。其中他这一个支脉的空白也填上了。一追溯，他祖先是从河南迁到福建，然后迁至台湾的。由老太祖林发来至台湾，直到他这一代，近300年一共15代人。全家人都很高兴："哦，原来我们的祖宗发源在大陆啊！"

林文启同志及时了解掌握中央对台工作方针，总是认真、积极宣传党的对台政策，努力为促进祖国统一献力。一位旅美华侨，经常来往于美国和台湾之间，在台湾当局中也结识不少人。她父亲的墓在昆明，因此借修墓之机回国探望。在修墓过程中，她碰到了不少困难，林文启同志都一一帮助她解决，为她找车子、材料等，使她很受感动，她表示要为祖国统一做贡献。回去以后，她积极为大陆台胞寻找在台湾的亲友，做了大量促进统一的工作。像这样的例子，在林文启同志生前是数不胜数……

如今，林文启同志离开我们已经12年了，但他的一生，就如墓碑上铭刻的那几行字——

六十八载两岸情，秉正清明具一生。
华夏一统毕生志，碧海云天寄忠诚。

他远走了，但他热爱祖国、忘我工作、冀盼统一、关心台胞的精神将始终激励着我们为云南的经济建设和促进祖国和平统一大业努力工作。

（本文由林文启夫人李长静提供资料并由云南省台盟副主委杨晓红执笔）

牺牲的五位公费生

钟明宏

武大“六一”惨案牺牲的三位学生之一——陈如丰

陈如丰，台南县下营人，1946 年入武汉大学政治系，在 1947 年 6 月 1 日的反饥饿反内战反迫害运动中被国民党部队开枪射杀。该次事件被称作“六一”惨案，关于陈如丰的死因有两种说法。

据同在武汉大学的公费生庄德润说，6 月 1 日凌晨，国民党武汉警备总部出动一团兵力包围武汉大学，强行进入宿舍抓人。除了原本在黑名单上的学生，只要被发现书架上有进步书籍的学生都一律逮捕。学生逃到屋顶和军警对峙，以脸盆接水往下泼，他趁部队混乱之际冲下楼试图营救被逮捕的同学，结果遭到已布置好的机关枪扫射，枪里射出的是穿越人体会爆裂开的达姆弹，陈如丰当场牺牲。

第二个说法是陈如丰当时刚自锅炉房取完水回宿舍，听到枪声躲回锅炉房，枪声一停他伺机跑回宿舍，途中被流弹射中身亡。另外两名牺牲的学生，也都是中流弹而亡，并没有投入第一线的抗争活动。这个说法的另一个意思就是国民党军队并非有意直接朝学生扫射，学生被射伤都是误击所致。

陈如丰葬于武大旁张家山北侧，校方还在原校车站（今保卫处）建立六一事件纪念亭，亭中有一纪念石碑，今碑文仍可见。两岸开放探亲后，陈如丰的家人才到武汉大学扫墓，并捐献一笔资金作为陈如丰纪念奖学金。陈如丰的弟弟、侄儿长年往来于两岸之间回大陆扫墓，2007 年才把他的骨灰迁回台湾安葬。逝世后的60 年，陈如丰终于回到台湾故土。这一趟 3 个小时的航程，他整整等了一甲子！

生为台湾人，死为台湾魂。

暨大公费生刘碧堂

刘碧堂，1923 年生，嘉义县朴子镇人，1946 年进入暨南大学新闻系。1948 年 4 月刘碧堂加入暨南大学地下党外围组织雷社，这是个秘密组织，所有人只能单线联系，命令只能言传不能笔记。

后来刘碧堂回到台湾，于1948 年底考入台湾大学，并在松山中学任教。在台湾他继续和国民党政府抗争，为共产党宣传，不幸于 1950 年被逮捕，以“为共产党宣传罪”判刑 12 年，同年病死于火烧岛狱中。

战后台湾学运领袖陈炳基逃亡上海途中，曾与刘碧堂有一面之缘，刘碧堂将他引到台湾同乡会。据陈炳基言，刘碧堂在日据时期曾因反日入狱，1948 年回台湾后任教于新庄中学，这是刘碧堂回台任教的另一种说法。

刘碧堂死于监狱中时才 27 岁，比我们很多人都还年轻。放在今日台湾，不过也就是个还没成家立业的大小伙子。可是他是那么的勇敢，在那个恐怖的年代挺身而出反对国民党政府，捍卫台湾人民的利益。可惜最终还是死于国民党之手，这是一个年轻就陨落的生命。

嫉恶如仇的台湾“甘地”张璧坤

张璧坤，1926年生，嘉义县朴子镇人，1946年进入暨南大学经济系。曾建元曾为张璧坤立传，其文曰“张璧坤生于1924年9月5日，卒于1955年9月26日”，这与我从其他渠道得到的生卒年不同。他这篇传记记载了张璧坤的许多事迹，显然有可信的数据来源，但内文所提及日期多有出入，故待考。

据公费生杨玉辉所言，张璧坤富正义感，嫉恶如仇，身材魁梧，曾在学生运动中痛打干扰学生运动的田姓特务。反饥饿反内战反迫害运动中，张璧坤和其他台湾学生一样站在第一线，和罗美行等人带头突破宪兵队，立下一功。

在上海时，张璧坤就被通缉，同学为其取绰号为“甘地”。因其坚持要搞革命就是要在自己的家乡搞，所以他力排众议未与其他公费生前往解放区，而是偷渡回到台湾。回台湾后考入台湾大学经济系，因参加地下党活动而被国民党特务追捕。1949年参加反对国民党的学生大游行再次被追捕，遂离校返家，表面务农私下持续地下斗争。1950年被国民党通缉，两年后被逮捕枪决，时年26岁。

据曾建元先生所言，张璧坤执行死刑前留下的最后一句遗言是：“我感觉真可耻，在我体内流着汉民族的血。”此话有二解，一是以身为汉人为耻，二是表示出怨恨不平之意，盼汉族之血永不灭。若是了解公费生的思想，再根据其他公费生对张璧坤的认识，此话之意当属后者。

张璧坤的家人受其影响而反对国民党，也都被逮捕。其父张其德判刑10年，入狱时已60岁；二哥张碧江判刑12年，刑满又押送小琉球监禁3年。在张璧坤被押送马场町枪决前，经过其父牢房，他只喊了声“爸爸”辞行。壮士一去兮不复还！这是一个值得被记载在台湾史册中的家庭，每一位张家的成员都有着壮烈的情怀！如今位于新店的景美人权园区有其事迹碑铭。

同一小组的蔡瑞钦和谢传祖

蔡瑞钦，生年不详，卒年据国家安全局档案为34岁，台南市人，1946年入厦门大学英文系，是公费生中年纪最长者。

蔡瑞钦是个极富正义感的人。1947年他为了推翻国民党统治而回到台湾，从事地下党活动。档案记载他先与地下党分子何川、郑海树交往，同年6月经由何川介绍进入台湾省工作委员会台北地区工委会，受陈炳基领导。1948年，吸收同为公费生的谢传祖、郑溪北一同从事地下党活动，发展学生组织，蔡瑞钦为小组领导。1948年蔡瑞钦转移到台南地区工委会任朴子小组长，后被国民党逮捕枪杀。

在记述陈炳基事件的相关文章中，蔡瑞钦是隶属于陈炳基所领导的新民主同志会的。李登辉原本也是新民主同志会的一员，后他退出，陈炳基不知道从哪个渠道带来了公费生蔡瑞钦让他递补李登辉的位置。该会被国民党破获后，跟组织有关联的6个人中，蔡瑞钦、林如堉、李苍降3人被逮捕枪毙，上级指导员徐懋德以及陈炳基、刘沼光3人转移到大陆。

谢传祖烈士

谢传祖，生卒年不详，苗栗县公馆乡鹤岗村人，1946年入厦门大学化学系。入学前他已在台湾加入中共党组织，入学3个月后台湾发生“二二八”事件，他和蔡瑞钦等几位台湾公费生立刻返回台湾参加台湾人民的抗争，最终被国民党政府逮捕杀害。

上述这5位是确定牺牲于国民党政府白色恐怖统治的公费生。除了牺牲于武大“六一”惨案的陈如丰外，其他4位都是放弃公费生资格回台湾参加人民的反抗斗争而被国民党逮捕杀害。当年他们都是30岁左右的年轻人，知识和人生阅历并不深，但经历过大陆求学时的爱国民主学生运动洗礼和“二二八”事件的冲击，凭着满腔反对国民党的热血，在台湾持续从事革命工作直到身亡。

若要以白色恐怖受难者言之，他们也算是政治受难者。从这5个人的事迹我们再次看到，公费生到了大陆之后认同完全反转，他们愿意不顾一切，即便牺牲生命在所不惜的反抗腐败的蒋家政权。当年的国民党政权丧失了人心，在自己用公费派出去的100位学生中，至少就有这5位因投身反对国民党的运动而牺牲，其比例不可谓不高。

（作者钟明宏系台湾自由撰稿人）

附录

APPENDIX

《新生报》 影印件

台湾省长官公署教育处公告

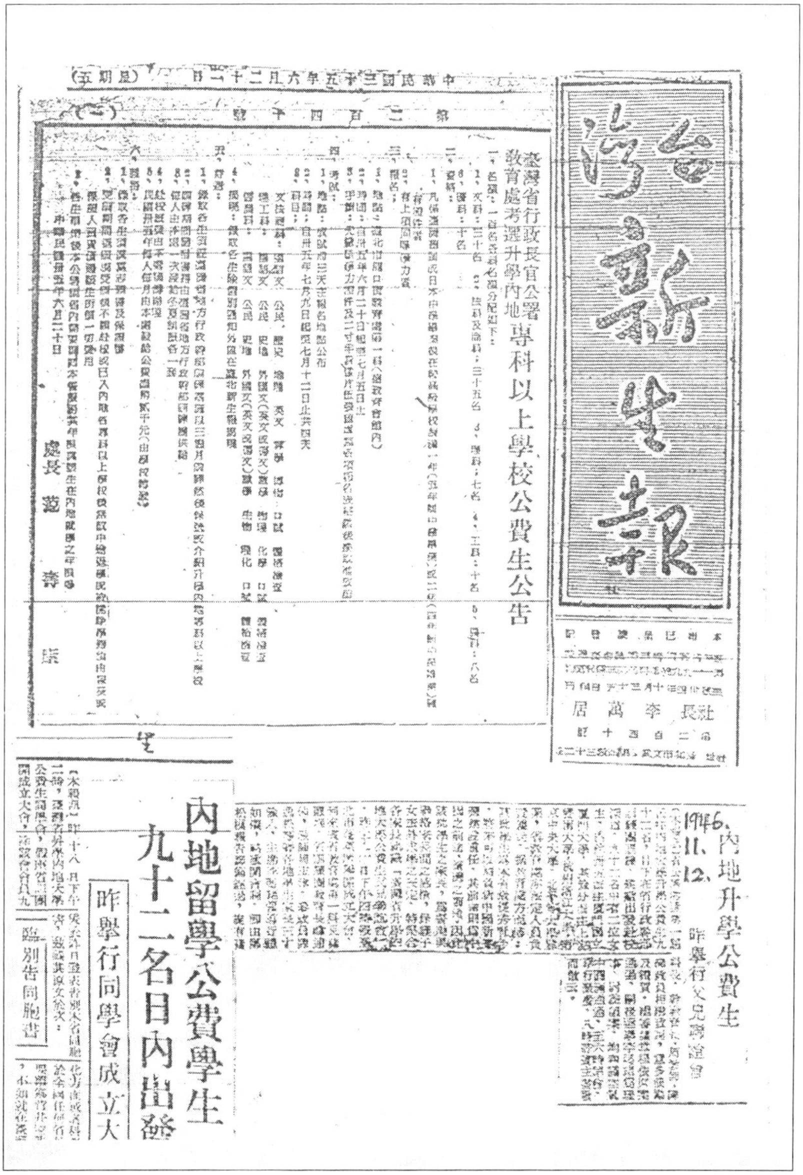

臺灣新生報

中華民國三十五年六月二十一日（星期五）

第二百四十號

臺灣省行政長官公署教育處考選升學內地專科以上學校公費生公告

一、名額：一百名各科名額分配如下：

1、文科：三十名 2、理科及商科：三十五名 3、醫科：七名 4、工科：十名 5、農科：十名 6、藥科：十名

二、資格：

1、凡係高級中學或日本中等學校在高級學校肄業一年

三、報名：

四、考試：

3、科目：

文法商科：國語文 公民 歷史 地理 英文 算學 理化 口試 體格檢查

理工科：國語文 公民 史地 外國文（英文或日文）數學 物理 化學 口試 體格檢查

醫農科：國語文 公民 史地 外國文（英文或日文）數學 生物 理化 口試 體格檢查

五、待遇：

六、義務：

處長 范壽康

內地留學公費學生九十二名日內出發

昨舉行同學會成立大會

臨別告同胞書

1946.11.12.

內地升學公費生

昨舉行父兄座談會

公费生录取名单

中華民國三十五年八月十日（星期六）
台湾新生报
臺灣省行政長官公署教育處公告
中華民國三十五年八月五日
處長 范壽康
考選升學內地專科以上學校公費生錄取名單
臺灣省行政長官公署教育處公告
中華民國三十五年十一月十九日（星期二）

公费生分发各校名单

（六

醫科十七名、曾文演、劉守文、[illegible]、[illegible]
[illegible]生、吳克文、曾炎山、卓維金、謝[illegible]

臺灣省行政長官公署教育處公告 致民教署（一）字第[illegible]號

查本處前考選升學內地專科以上學校之公費生業已調[illegible]完畢並由署函准教育部准予分發各國立大學其分發各校名單亦於本月四日召開公費生考選委員會決定原則在案茲特將分發名單公布於後如有科系相同自願互相對調者可於本月八日以前來處申請核辦希各知照此告

附分發名單

中華民國卅五年十一月六日

處長 范壽康

公費生分發各校名單

中央大學：（五名）文科 高銘[illegible] 農科 [illegible]
法科 林[illegible] 工科 孫榮[illegible] 農科 [illegible]
北京大學：（十三名）文科 尤寬仁 許[illegible]伯 呂濟銘
張天成 王精林 法科 陳國博 郭[illegible]
工科 郭祥[illegible] 黃[illegible]年 農科 [illegible] 林元芳
鄭天朗 吳寶生
浙江大學：（七名）文科 [illegible]品 法科 [illegible] 農科
洪瑞[illegible] 理科 吳才木 簡石[illegible] 工科 [illegible]
[illegible]
武漢大學：（八名）文科 胡通[illegible] 黃[illegible] [illegible]
莊[illegible] 法科 陳[illegible] [illegible] 林[illegible] [illegible]
暨南大學：（十四名）文科 李天[illegible] 許[illegible] 杜長[illegible]
劉[illegible]堂 [illegible] 法科 張[illegible]坤 江武田 丁保安
劉[illegible]超 [illegible]行 商科 陳敏臣 陳[illegible] [illegible]

[illegible]
復旦大學：（五名）文科 江[illegible] 陳[illegible] 法科 陳伯熙
林金[illegible] 農科 [illegible]
廈門大學：（卅一名）文科 [illegible] 沈英[illegible] 陳友通
[illegible]文[illegible] 楊[illegible] 黃[illegible] 林榮[illegible] 許[illegible] [illegible]
法科 林[illegible] 林光[illegible] 陳[illegible] 陳[illegible] 劉秀[illegible] 王
長興、陳光彩 李[illegible] 李[illegible] 王化[illegible]
商科 何[illegible] 黃[illegible] 李[illegible] 理科 [illegible]北
一郭茂松 王[illegible]仁 林光致 楊正[illegible] 工科 [illegible]銘
莊正[illegible] 周克強 [illegible]傳[illegible] [illegible]
同濟大學：（五名）醫科 曾文演 黃安[illegible] [illegible]永[illegible]
武共秀 吳克文
上海醫學院：（四名）、醫科 劉守文 曾炎山 卓維金
陳[illegible]

（星期二）

公费生分发各校名单（整理稿）

台湾省长官公署教育处公告：公费生分发各校名单（1946 年 11 月 6 日）

中央大学（5 名）

文　科：高铭磐、张炳楠

法　科：林镒珠

工　科：孙荣华

农　科：张昆仑

北京大学（13 名）

文　科：尤宽仁、许溢悟、吕清铭、张天成、王猜林

法　科：杨威理、郭炤烈

工　科：郭祥灿、黄厚年

农　科：苏瑞鹏、林元芳、廖天朗、吴寅生

浙江大学（7 名）

文　科：卢　品

法　科：童静梓

农　科：洪瑶楹

理　科：吴才木、简石春

工　科：陈泽炙、蔡海金

武汉大学（8 名）

文　科：胡连城、黄焕霖、张风时、庄德润

法　科：陈如丰、苏德惠、林慧庆、萧家恩

暨南大学（14 名）

文　科：李天赠、许梦雄、杜长庚、刘碧堂、杨玉辉

法　科：张璧坤、江武田、丁保安、刘荣超、罗美行

商　科：陈敏臣、陈耀赓、王青学、卢国松

复旦大学（5 名）

文　科：江　浓、陈炳薪

法　科：陈伯熙、林金茎

农　科：谢发楸

厦门大学（32 名）

文　科：蔡瑞钦、沈英凯、陈枝连、姜文鉴、杨仲模、黄昆江、林荣祥、许龙基、郑鸿池

法　科：林　滨、林光乡、陈锦华（后转武汉大学）、陈鸿鹏、刘秀雄、王长兴、陈光彩、李鸿昌、李泉溪、王化龙

商　科：何镛铭、黄国雄、李肃然

理　科：郑溪北、郭茂松、王耀仁、林光政、杨正雄

工　科：郑德铭、庄正晴、周克强、谢传祖、彭腾云

同济大学（5 名）

医　科：曾文宾、黄安璋、叶永晖、黄共秀、吴克文

上海医学院（4 名）

医　科：刘守文、曾炎山、卓维金、陈继树

台湾升学内地学生资讯（1947—1949年）

厦门大学（17名）

张有义、李克世、王绿枫、张炎明、黄文嘉、张芳盛、罗云财、孙居旺、邱垂金、蔡长川、郭铭川、叶子灿、刘诗敏、赖大农、陈炎陈、陈进富、骆天赞

清华大学（5名）

曾重郎、蔡铭熹等

北京大学

余健湖

北师大

彭克巽、曾祥发

上海交通大学

黄瑞霖

上海医学院

潘秀和

中山大学

林春水、詹孝藏、

浙江大学

黄小英

南开大学

林胜兴

中央大学附中

林文启

《临别告同胞书（1946年）》及影印件

临别告同胞书

我们是第一批升学内地大学的公费生。在三个月前蒙教育处录取并在本省训练团受训三个月，现在我们要分成上海、北平、厦门三队到内地各大学升学去。我们觉得我们所负的责任非常的大，在目前，我们要去接收祖国悠久的文化，同时要给外省的同胞明白我们台湾同胞虽然受了日本人五十年的统治压迫，但我们的民族精神还是坚强的。在将来我们将再回到我们的家园——台湾，共同努力，建设一个美丽岛。自我们及格升学内地大学公费生以来，常常听到一股人士的意见，他们说“台湾是全国最发达的省份，无论文化方面或者科学方面都不亚于全国任何省份，所以如果要离乡背井远涉重洋到内地，不如就在台湾学习”，不错，台湾过去虽然在日本帝国主义铁蹄蹂躏下不断地呻吟着，但是日本因要施行他的榨取政策当然也要设备许多的文化，科学设施，致使本省比较内地有进步些，这种也不能讳言的，可是以这个理由就断定升学内地的好坏是错误的。

回想台湾光复以来，省民当初的热烈的情绪和期待，经过不久时期，就有一部分人民变成冷淡，这成为建设新台湾的障碍，其所由来的原因也许很多，可是我们知道最根本的原因，是因为本省离别祖国达五十年之久，其间本省只受日本愚民教育，和我国的文化几乎没有沟通，因而很少认识我国文化的好处。虽有认识，那不过是属于古代的遗品，对于近代由本身的进步和外国的影响而生长起来的新文化，却很少有认识，因此本省民往往以为我国文化都是古老的，都是不合世务的，这是一个大错误了。我国近代史上所看见的进步，我们要认清楚。百年来我国渐渐进入接受世界文化的时代，尤其是五四运动以来演变到今日，有很多的发展。所以我们要认识祖国，打开本省和内地的隔阂，当然要亲到内地看我国文化的体制，研究我国的思想、主义，然后才能谈到新中国的新台湾建设。我们既然知道台湾建设要由认识祖国起，同时更知道对祖国正确的认识。要亲到内地看我国的情形，吸收我国的新文化，所以我们敢大胆地说，此次公费生的意义实在很大。

我们负着这个重大的使命快离开我们所爱的台湾向内地去求学，为了养成更大的力量来建设新台湾，暂别我们全身爱着的故乡，当此临别的时候，禁不住有些说不出来的感想，有浓厚的惜别心。尚且想到在这一个正急需建设的时候，离开本省似乎太无责任，但是我们是为求更大的建设力量而求学去的，我们有热诚，更大的任务等着我们！

别了，我们所爱的同胞，当我们毕业的时候我们一定带回更大的力量，来加入你们斗士的当中，为了新台湾，为了新中国而奋斗吧！最后以最大的诚意深谢陈长官赐给我们这个机会能够到内地去升学。

影印件

新生報

內地留學公費學生九十二名日內出發

昨舉行同學會成立大會

臨別告同胞書

肥料廿萬噸

將由美運運來臺

醫學大會發表研究

多至七十餘件

各地鄉鎮長副選舉

本月內可全部完竣

瑞芳區民食維艱

省糧局核准平糶

七堵鄉

1947 年暑假公费生草山聚会合影

1996年公费生50周年聚会合影、签名照片

1996年公费生50周年聚会合影

1996年公费生50周年聚会签名照片

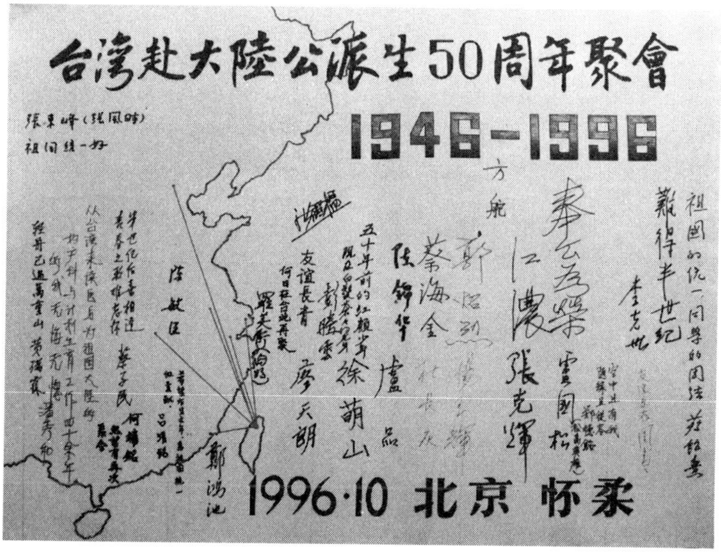

2006年公费生60周年聚会合影、签名照片

2006年公费生60周年聚会合影

2006年公费生60周年聚会签名照片

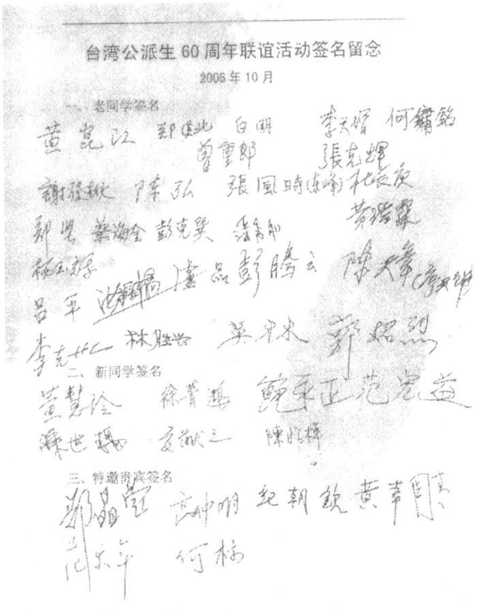

台湾公派生60周年联谊活动签名留念

2006年10月

一、老同学签名

二、新同学签名

三、特邀嘉宾签名

2006 年公费生 60 周年聚会致台湾青年同学的公开信

为台海两岸搭金桥

——致台湾青年同学的公开信

台湾青年同学们：

我们是 60 年前台湾光复后，由台湾省政府先后公派到大陆升学的台湾同学。共有一百多名，分布在北京、上海、南京、杭州、武汉、厦门等地的知名高等学府。

我们当年的心情，正如先贤林献堂率台湾光复致敬团谒黄帝陵时昭告国人所说的："台湾沦陷五十一年，同胞饱尝亡国痛苦，痛定思痛，所以对国族倍感可爱……光复后已觉有可爱护的国家，可尽忠的民族，所以对于国家民族的前途，莫不极度感奋，愿尽其所能，以图报效。"我们就是为报效祖国，建设新台湾而跨越台湾海峡到内地来升学的。

在台湾海峡隔断往来之前，一些同学提前离校返台，一些同学留在大陆，一些同学到了海外。历经 60 年的风霜，许多同学已驾鹤仙去，尚健者也已是 80 上下的老者。然而时逢中华复兴的盛世，有幸在首都北京重逢相聚，共叙 60 年前的同窗情谊，游览古都日新月异的新貌，真的是人逢喜事精神爽，无不激情满怀，老泪湿襟。

大家共同的感受是：到大陆升学，确实更能领略中华文化的博大精深；更能增进国家兴亡，匹夫有责的民族精神；更能促进海峡两岸的相互了解，取长补短，共同进步！体会尤深的是：大江南北九百六十多万平方公里的神州大地，处处是打拼创业的宝地！因此，大家回首我们当年选择的回内地升学之路，无不以走上一条造福两岸，利国利己的康庄大道而倍感欣慰！

更让我们感到无比欣慰的是，台湾海峡恢复民间交往以来，目前又有成千上万的台湾青年同学来到大陆各地升学深造。我们特邀了多位在校青年同学参加我们的聚会。新同学们来到大陆升学之后，亲身感受到祖国大陆改革开放以来，全国人民一条心，奋发图强求发展，历经一连串的蜕变，各个领域都取得了有目共睹的傲人成绩。看到祖国大陆的飞速发展，新同学们深刻地感受到：我们中国人终于可以抬头挺胸，昂首阔步，在国际新潮流中勇往直前了！从而对祖国的感情更深了，对祖国的未来也更有信心了！新同学们的这些感受，让我们这些“老同学”更深感，当年我们走过的台湾海峡两岸交往的金桥，越来越雄伟宽阔。这正是后生可畏，一浪更比一浪高。

我们新老同学还共同感受到：台湾海峡两岸都是我们中国的固有疆土，长江、黄河、玉山、阿里山，都是我们共同的家园，都是海峡两岸所有炎黄子孙的共同资源和财富。两岸同胞，情同骨肉，理应相亲相爱。今天，依靠两岸共同拥有的数千年中华文明的复兴，两岸的现代化建设都一样取得了辉煌灿烂的奇迹！我们伟大的中华民族，正在新世纪飞腾跃进。这正是两岸中华儿女，叱咤风云，以更矫健的英姿，创建傲立于世界东方的繁荣昌盛的现代化新中国的大好时机！

因此，我们新老两代升学内地大学的台湾同学，殷切期盼岛内更新一代的台湾青年同学们，作为中国历史继承者和中国未来创造者的一分子，放眼未来，志怀高远，超越两岸及岛内当前的一切歧见与争议，把握机遇，奋身为谋求两岸和平发展，双赢共荣；为中华民族的伟大复兴奉献青春！我们殷切期盼着第三座、第四座台湾海峡交往的金桥，一座更比一座金碧辉煌！

年轻的台湾好后生们！包括2300万台湾人在内的13亿中国巨人，正在创建的屹立在世界东方的雄伟金字塔，正等待着优秀的栋梁之才来共同建造。来吧！台湾青年同学们！

参加台湾公派生升学内地大学60周年联谊会全体同学

2006年10月18日于北京

台湾省公费（派）生若干相关信息

台湾光复后，由台湾省政府保送到大陆升学的公费（派）生共有150名左右。除已写纪念文章者外，尚有一些公费（派）生的已知讯息如下：

一、新中国成立后滞留大陆的公费（派）生

1. 吕平（吕清铭）：台湾桃园人，1946年升学北京大学，曾任中华人民共和国驻美大使馆一等秘书。

2. 陈炳薪：台湾新北市人，1946年升学复旦大学，曾任国际广播电台记者。

3. 方宜（刘守文）：台湾嘉义人，1946年升学上海医学院，曾任国际广播电台驻日本记者。

4. 简石春：台湾桃园人，1946年升学浙江大学，曾任南京市无线电元件三厂工程师、前南京市台联副会长。

5. 孙荣华：1946年升学中央大学（南京），曾任职于南京市，后去美国。

6. 黄国雄：台湾台北人，1946年升学厦门大学，曾任厦门大学教授。

7. 张天成（陈晓帆）：1946年升学北京大学，曾任职上海市公安局。

8. 吴才木：台湾新竹人，1946年升学浙江大学，曾任职于上海市，后返台定居。

9. 陈锦华：台湾新竹人，1946年升学武汉大学，曾任天津市政协翻译中心编辑。

10. 张东峰（张风时）：台湾嘉义人，1946 年升学武汉大学，曾任安徽工程学院教授。

11. 黄焕霖：1946 年升学武汉大学，曾在福建省政府任职。

12. 陈耀赓：台湾台南人，1946 年升学暨南大学，参加抗美援朝，后曾任职于福建省诏安县武装部。

13. 胡连城：台湾台南人，1946 年升学武汉大学，曾任职于上海市闸北区政府。

14. 李天赠：台湾台北人，1946 年升学暨南大学，曾任职于天津市，后返台定居。

15. 林胜兴：台湾台北人，1948 年升学南开大学，曾任上海交通大学教授。

16. 黄小英：台湾宜兰人，1949 年升学浙江大学，曾任职于浙江省医学科学研究所，后返台定居。

17. 林春水：台湾新竹人，1948 年升学中山大学，曾任长江水利委员会教授级高级工程师。

二、新中国成立前返回台湾省已知若干资讯者

1. 张炳楠：台湾台北人，1946 年升学中央大学，曾任台湾淡江大学日本研究所所长。

2. 林元芳：台湾桃园人，1946 年升学北京大学，庭院设计师。

3. 卢品（女）：台湾宜兰人，1946 年升学浙江大学，后定居日本。2009 年 5 月逝世。

4. 童静梓（女）：台湾台北人，1946 年升学浙江大学，后定居美国。

5. 杨正雄：1946 年升学厦门大学，返台后曾遭政治迫害，坐牢 10 年，后去美国。

6. 黄昆江：台湾台南人，1946 年升学厦门大学，曾任台北华信混凝土公司顾问。2011 年 7 月逝世。

7. 郑溪北：台湾高雄人，1946 年升学厦门大学，曾任教于基隆中学，白色恐怖受害者，服刑数年。2010 年 3 月逝世。

8. 郭茂松：台湾台北人，1946 年升学厦门大学，曾任台北进轮汽车公司总经理。

9. 李鸿昌：台湾台北人，1946 年升学厦门大学，曾任台北日盛证券公司经营发展委员。

10. 李泉溪：台湾台北人，1946 年升学厦门大学，系闽南语片著名导演。

11. 李肃然：台湾台北人，1946 年升学厦门大学，曾任台北玖诚食品公司董事长。已故。

12. 何镛铭：台湾新竹人，1946 年升学厦门大学，丰田汽车公司翻译专家。

13. 王耀仁：台湾台北人，1946 年升学厦门大学，曾任台北第一商业银行总行专门专员。

14. 丁保安：台湾台中人，1946 年升学暨南大学，白色恐怖受难人，坐过牢受过刑，后赴日本。已故。

15. 陈敏臣：台湾新北市人，1946 年升学暨南大学，返台后赴日本定居，三达贸易公司董事长。

16. 刘荣超：台湾嘉义人，1946 年升学暨南大学，返台后赴美定居。已故。

17. 黄安璋：台湾彰化人，1946 年升学同济大学，曾任彰化女中教员。

18. 张芳盛：台湾彰化人，1948 年升学厦门大学，后定居美国。

19. 林光乡：台湾南投人，1946 年升学厦门大学，后回南投县溪头定居。

20. 林光政：台湾台北人，1946 年升学厦门大学，回台工作。

21. 郑德铭：台湾台北人，1946 年升学厦门大学，曾任山中大佛堂（株）台北支店次长。

22. 叶永晖：台湾云林人，1946 年升学同济大学，医学博士，回台工作。

23. 曾炎山：1946 年升学上海医学院，曾在台北市开设妇产外科诊所。

24. 江武田：台湾台北人，1946 年升学暨南大学，曾任国泰信托投资公司总经理。

公费生与台湾省长官公署教育处长范寿康合影

1982 年范寿康先生自台湾回北京定居，与在京部分 1946 年升学内地公费生于北京饭店合影［后排由左往右：郑坚（郑鸿池）、江浓、范樂年（范寿康公子，非公费生）、徐萌山、陈弘（陈伯熙）、杨威理（陈威博）、白明（罗美行）］（王侨生摄）